HEMMUNGSLOSER VOLLSTRECKER

DAS FERAL PACK, BUCH 3

EVE LANGLAIS

Copyright © 2022 Eve Langlais
Englischer Originaltitel: »Enforcer Unleashed (Feral Pack Book 3)«
Deutsche Übersetzung: Noëlle-Sophie Niederberger für Daniela Mansfield Translations 2022

Alle Rechte vorbehalten. Dies ist ein Werk der Fiktion. Namen, Darsteller, Orte und Handlung entspringen entweder der Fantasie der Autorin oder werden fiktiv eingesetzt. Jegliche Ähnlichkeit mit tatsächlichen Vorkommnissen, Schauplätzen oder Personen, lebend oder verstorben, ist rein zufällig.
Dieses Buch darf ohne die ausdrückliche schriftliche Genehmigung der Autorin weder in seiner Gesamtheit noch in Auszügen auf keinerlei Art mithilfe elektronischer oder mechanischer Mittel vervielfältigt oder weitergegeben werden.

Titelbild entworfen von: Yocla Designs © 2019/2020
Herausgegeben von: Eve Langlais www.EveLanglais.com

eBook ISBN: 978-1-77384-338-4
Taschenbuch ISBN: 978-1-77384-339-1

Besuchen Sie Eve im Netz!
www.evelanglais.com

PROLOG

Der Wald schnellte in einem grün-braunen Schleier vorbei, während er rannte und seine vier pelzigen Pfoten Halt auf dem lehmigen Boden fanden. Er keuchte, sein heißer Atem wurde in der kühleren Luft sichtbar. Sein Herz raste, während er ich schnell und leise fortbewegte. So sehr er es auch versuchte, er konnte dem entfernten Bellen der Jagdhunde nicht entkommen.

Lass dich nicht erwischen. Er hatte gesehen, was mit denjenigen passierte, die stolperten. Er war immerhin der Letzte seines Wurfes.

Zweige verfingen sich in seinem Fell, dessen Rot grell gegen das Blattwerk um ihn herum hervorstach. An manchen Stellen war es verfilzt, da er sich seit seiner Einsperrung in dem winzigen Käfig nicht richtig hatte pflegen können. Ein Käfig, der zu klein war, um sich darin zu strecken.

Der Mangel an Bewegung war in seinen zitternden Muskeln spürbar. Er wollte nichts mehr, als stehen zu bleiben. Zu atmen. Sich auszuruhen.

Stattdessen musste er schneller rennen. Sich zu verstecken war außer Frage, denn die Spürhunde würden ihn erschnüffeln, und dann gäbe es keine Hoffnung mehr darauf, sich zu retten.

Er stürzte aus dem Wald auf eine Lichtung, die unter anderen Umständen schön gewesen wäre mit ihren Wildblumen, die in der grellen Sonne wuchsen. Er stolperte und fiel mit der Schnauze voran ins Gras, als er versuchte, seinen Schwung zu bremsen.

Da er ein schlaksiger Welpe war, konnte er sich nur wieder auf seine vier Pfoten hochstemmen und versuchen, angesichts der vor ihm stehenden Person nicht allzu sehr zu zittern. Dem Duft nach war es eine Frau, das Fell auf ihrem Kopf war silbrig und üppig. Ihre Augen faszinierten ihn mit ihrem seltsamen Kaleidoskop aus Farben.

Es wurden keine Worte gesprochen, und doch verstand er, als sie den Kopf neigte. *Geh hinter mich.*

Warum? Er verstand nicht, warum eine Fremde ihren Körper als Schild anbot, aber er war alt genug, um zu verstehen, dass sie ihm scheinbar nichts Böses wollte, anders als die Hunde und ihre Herrchen.

Er schlich um die Frau herum und musterte den Rand des Waldes auf der anderen Seite. Sollte er die Flucht ergreifen, während sie abgelenkt zu sein schien?

Er stellte die Ohren auf, als ein Jagdhund bellte. Nahe. Sie waren jetzt so nahe.

Ein tiefes, vibrierendes Knurren veranlasste ihn dazu, die Frau wieder anzusehen, als sie nach vorn trat. Ohne Angst vor den näher kommenden Hunden. Sie wusste nichts von den Jägern, die ihnen folgten.

Er jaulte.

Sie sah ihn über ihre Schulter hinweg an. »Keine Angst, kleiner Welpe«, flüsterte sie.

Er gab ein weiteres kurzes Bellen von sich, von dem er hoffte, dass sie es als Warnung verstand. *Gefahr*.

Sie zwinkerte und bleckte ihre Zähne in einem sündhaften Lächeln. Seltsamerweise beruhigte es ihn.

Als die ersten Hunde die Lichtung erreichten, stieß sie einen einzelnen schrillen Pfiff aus, der ihn fast heulen ließ.

Er sah mit großen Augen zu, wie sie auf die Jagdhunde zustürzte, die ihn verfolgt hatten. Mit langen Schritten ging sie auf die bellenden Hunde zu, wobei sie die Tatsache ignorierte, dass sie ihr fünf zu eins überlegen waren.

Vermutlich, weil sie nicht allein angriff.

Zwei Wölfe tauchten aus dem Wald auf, einer von ihnen scheckig und der andere so dunkel, dass er bei Nacht unsichtbar wäre. Ihr Anblick reichte aus, dass die Hunde die Schwänze einklemmten und sich in die Richtung zurückzogen, aus der sie gekommen waren, während sie vor Angst jaulten.

Die neu angekommenen Wölfe folgten den Jagdhunden, aber die silberhaarige Frau hielt inne und drehte sich um, um ihn zu mustern. »Es ist jetzt sicher. Du musst dich nicht mehr verstecken.«

In diesem Moment verstand er. *Sie ist wie ich.*

Das Wissen veranlasste ihn dazu, sich in seine andere Gestalt zu verwandeln, die zweibeinige mit spindeldürren Beinen und weichem Bauch. Er verwandelte sich nicht oft, da sein Käfig keinen Platz für seine andere Seite bot. Sein schlaffes rotes Haar fiel ihm ins Gesicht und bedeckte teilweise seine Augen.

Mit sanfter Miene lächelte sie ihn an und streckte eine Hand aus. »Komm mit mir, mein besonderer kleiner Welpe. Es ist Zeit, dich an einen sicheren Ort zu bringen. Einen Ort, an dem du aufblühen und wachsen kannst.«

Er verstand ihre Worte, obwohl er nicht sprach. Besorgnis befiel ihn. Wer war sie? Was wollte sie?

Er hörte einen schrillen, kläffenden Schmerzensschrei und Knurren, als die Wölfe auf die Jagdhunde stießen. Jagdhunde, die ihm wehgetan hätten, wenn er erwischt worden wäre.

»Ich verspreche dir, ich will dir nichts tun. Niemand wird dir je etwas antun, sonst wird er sich mir gegenüber verantworten müssen«, fügte sie leise knurrend hinzu. »Du hast mein Wort als Abgesandte des Lykosiums.«

Er war nicht an Freundlichkeit gewöhnt, sehnte sich jedoch danach. Etwas an dieser Frau bat ihn darum zu vertrauen. Er ergriff ihre ausgestreckten Finger.

Die Frau, die Luna hieß, nahm ihn mit nach Hause, zog ihn groß, beschützte ihn und brachte ihm bei, für sich selbst zu kämpfen.

Als er zum Mann wurde und sich die Gelegenheit bot, zahlte er Lunas Großzügigkeit zurück, indem er ihr diente, und rettete dabei andere Werwölfe vor dem Schicksal, das er beinahe erfahren hätte.

Und genau wie diejenigen, die ihn und seine Art gejagt hatten, zeigte Kit keinerlei Gnade.

KAPITEL EINS

Heute

»Wann kehrst du zurück?«, fragte Luna. Als Kits Vorgesetzte und aktuelles Oberhaupt des Lykosiumrats war es ihr Recht, das zu wissen. Außerdem war sie seine Pflegemutter, aber nicht, wenn es um Angelegenheiten des Rats ging.

Kit nahm das Handy an sein anderes Ohr, bevor er antwortete: »Bald. Meine Ermittlungen hier sind noch nicht ganz abgeschlossen.« Als Vollstrecker des Lykosiums, der auch als Spion agierte, war Kit einer der wenigen, die dafür sorgten, dass die Werwolfrudel die Regeln befolgten. Wenn sie es nicht taten, führte er sie ihrer gerechten Strafe zu oder ließ sie ihnen selbst zuteilwerden, so wie es die Umstände erforderten.

»Oh?« Sonst nichts, nur dieses einfache Wort. Als Junge hatte er Luna als den Typ gekannt, der nicht viele Fragen stellte oder Antworten erzwang. Es hatte sich als seltsam effektiv herausgestellt.

»Ich habe eine Spur.« Keine große, und doch nagte es an ihm.

»Hast du das oder lässt du zu, dass deine Emotionen dein Urteilsvermögen trüben?«

»Das wäre das erste Mal«, war seine trockene Antwort. Seine frühe Kindheit als Jagdspielzeug für sadistische Menschen hatte ihre Spuren hinterlassen. Vertrauen zu fassen fiel ihm schwer und Luna war eine der wenigen, die ihm wirklich wichtig war. Er schuldete ihr sein Leben – und seinen dämlichen Namen. Wie originell, einen Werwolf mit unmöglichen Fuchsgenen Kit zu taufen, das englische Wort für *Welpe*. Zu ihrer Verteidigung, er hatte keinen Namen gehabt, als sie ihn als kleines Kind gefunden hatte. Keine Worte. Nichts als ein Instinkt fürs Überleben.

»Es geht um dieses Mädchen«, stellte Luna fest.

Ein Name war nicht nötig, denn *sie* erfüllte seinen Verstand.

Poppy Smith. Nicht ihr richtiger Name. Geborene Penelope Moondust Jameson und sechs Jahre jünger als Kit – nicht dass das Alter wichtig wäre.

Zum ersten Mal war er ihr begegnet, als er auf der Spur eines wild gewordenen Werwolfes war. Kit hatte Samuel, einen ehemaligen Alpha mit missbräuchlichen Tendenzen, auf eine abgelegene Farm im Norden Albertas verfolgt. Er hatte mehr gefunden als erwartet, einschließlich einer Frau, die vor Schatten zurückschreckte.

Als jemand, der einst dasselbe getan hatte, hatte er die Anzeichen der Misshandlung erkannt. Das wiederum hatte ihn dazu geführt, auf der Suche nach einem Übeltäter diejenigen zu untersuchen, die auf der Farm lebten, nur um festzustellen, dass ihre Angst aus Misshandlungen in ihrer Vergangenheit herrührte. Damit hätte die Sache zu Ende sein sollen. Stattdessen hatte er genauer geforscht. Sobald er anfing, hatte sich das Mysterium verstärkt.

»Es geht hier nicht um Miss Smith, sondern um ihr ehemaliges Rudel. Ich glaube, dass ihnen etwas Unnatürliches zugestoßen ist.« Etwas, das Poppy bis zu diesem Tag Albträume bescherte. Er hatte sie schreien hören. Nicht dass er sie stalkte, er tat nur seine üblichen Vollstrecker-Sachen.

»Wenn du denkst, dass es weitere Nachforschungen verdient, dann hast du meinen Segen.«

Als könnte es ein anderes Ergebnis geben.

»Danke.« Er legte auf und dachte über seinen nächsten Zug nach.

Er hatte nur wenige Optionen, da sich das Rudel, zu dem Penelope/Poppy einst gehörte, bereits vor einigen Jahren aufgelöst hatte. Es war bereits von kleiner Größe gewesen und war von einer Welle unglücklicher Todesfälle dezimiert worden, einschließlich dem des Alphas. Die wenigen Übriggebliebenen hatten sich zerstreut, so auch Penelope.

Bis zur Rückkehr ihres Bruders war sie nicht wieder aufgetaucht. Darian, ihr einziger Bruder, hatte Urlaub vom Militär genommen, um seine Familie zu besuchen, bat dann jedoch um seine Entlassung, wobei er als Grund private Probleme nannte – den Tod seiner Mutter bei einem Jagdunfall. Das geschah unter Werwölfen öfter, als es der Fall sein sollte. Es war nur eine Kugel nötig, um ein Leben zu beenden.

Es bestand die eindeutige Möglichkeit, dass Darian seine Karriere aufgegeben hatte, um sich um seine jüngere Schwester zu kümmern. Es erklärte nicht den Teil, wo sie verschwunden waren, ohne auch nur einen Hinweis zu hinterlassen, wohin oder warum. Sie waren nicht nur umgezogen, sondern hatten ihre Namen geändert und waren an einem der abgelegensten Orte gelandet.

Für Kit roch das nach einem Geheimnis.

Was auch immer der Grund für ihre Handlungen war, er würde wetten, dass es damit zu tun hatte, warum Poppy selbst an diesem abgeschiedenen Ort die Türen abschloss. Es erklärte, warum sie beim Knacken eines Zweiges zusammenzuckte und nachts wimmerte, wenn ein Albtraum sie erschütterte.

Was er nicht verstand? Warum es ihn beschäftigte. Sie hatte ihn von dem Moment an fasziniert, in dem er sie zum ersten Mal gesehen hatte – eine zerbrechlich wirkende Schönheit, ihre Haare hellbraun, lang und glatt, ihre Gestalt ein paar Kilo zu leicht, weshalb sie hager wirkte. Ironischerweise kochte sie. Sehr viel. Den Gesichtern und Ausrufen derer nach zu urteilen, die sie versorgte, verstand sie ihr Handwerk, obwohl sie selbst kaum in ihren eigenen Mahlzeiten herumstocherte.

Er konnte weder dem dekadenten Aroma ihres Rindergulaschs noch der köstlichen Versuchung ihres Apfelkuchens die Schuld für seine Besessenheit geben. Seine Faszination mit ihr begann, als er zum ersten Mal ihren verweilenden Duft im Gemüsegarten wahrgenommen hatte.

Das perfekte Aroma. Es reizte. Verlockte. Löste in ihm den Wunsch aus, näher zu kommen.

Ein Teil von ihm verstand den Grund. Der Paarungsinstinkt. Nichts, das zu erleben er je erwartet hatte, da er nur zur Hälfte Werwolf war. Und doch ließ sich nicht leugnen, dass er sich zu Poppy hingezogen fühlte. Gleichzeitig war er auch abgeschreckt, da er keinerlei Absicht hatte, jemals mit jemandem sesshaft zu werden.

Er hatte sich nicht aufgrund seines Interesses an ihr mit ihrer Vergangenheit beschäftigt, sondern weil er darauf trainiert worden war, Gefahr zu erschnüffeln. Etwas an ihrem Rudel und ihrer Situation roch nicht richtig.

Zum einen lösten Rudel sich nicht einfach auf. Dazu waren starker Abgang oder eine Tragödie notwendig. In diesem Fall waren innerhalb kurzer Zeit mehr als sieben Mitglieder verschwunden.

Verschwunden im Sinne davon, ohne irgendetwas von ihren Habseligkeiten mitzunehmen.

Ihr Weggang war nicht unbemerkt geblieben. Allerdings hatte die Polizei damals keine Spuren, und es hatte nicht geholfen, dass niemand eine Vermisstenanzeige aufgab. Genau wie niemandem auffiel, als Penelope plötzlich nicht mehr ihre Kochkurse am College besuchte. Sie war von fast perfekten Noten zu Nichterscheinen übergegangen. Und niemand hatte daran gedacht, den Grund dafür herauszufinden.

Das Warum führte ihn dazu, tiefer zu graben. Er hatte mehr gefunden als erwartet. Poppys Mutter, Kora Jameson, hatte nur zwei Kinder. Ihr Mann starb, als sie noch jung waren. Irgendeine Art von Baustellenunfall. Sie hatte nie erneut geheiratet und lebte im selben Haus, bis sie es verkaufte, ein Jahr bevor ihr neues Zuhause niederbrannte – mit ihr und ihrem damaligen neuen Partner darin. Aufzeichnungen zeigten, dass das Haus einer Firma gehörte, die an einen gewissen Gerald Kline vermietete, einen sehr wohlhabenden Mann.

Und das war alles, was Kit über den Mann herausfinden konnte. Keine Geschichte, keine Fotos, nichts. Er war angeblich auch in dem Feuer gestorben, nicht dass seine Leiche gefunden worden war, nur die von Kora. Das Feuer wurde als Unfall abgetan – irgendetwas mit einem Nest im Schornstein.

In einer Welle noch größeren Pechs war Penelope Jameson während ihrer Flucht aus dem brennenden

Haus versehentlich von einem, wie die Polizei vermutete, Jäger angeschossen worden. Wäre ihr Bruder nicht genau in diesem Moment aufgrund seines Besuchs erschienen und hätte keine Erste Hilfe geleistet, hätte sie vielleicht nicht überlebt. Im Krankenhausbericht wurden weitgehende Verletzungen aufgezählt, von denen einige wenige mit den Schusswunden in ihrem Bein und ihrem Bauch zu tun haben schienen.

Die Polizei hatte Penelope und ihren Bruder nicht für Glückspilze gehalten und viel Zeit damit verbracht, die beiden wegen des Feuers und des Todes ihrer Mutter und ihres Freundes zu befragen. Letzten Endes konnten sie ihnen nichts zur Last legen, es gab keine Anzeichen für Fremdeinwirkung.

Als Penelope schließlich aus dem Krankenhaus entlassen wurde, verschwand sie mit ihrem Bruder. Und damit hätte die Sache zu Ende sein sollen. Nur ...

Kürzlich war das Lykosium darauf aufmerksam gemacht worden, dass ein örtliches Rudel Mitglieder verloren hatte. Mittlerweile mehr als ein Dutzend, auch wenn einige von ihnen selbstständig die Flucht ergriffen hatten.

Diese wenigen hatten all ihr Zeug mitgenommen. Die anderen? Sie hatten Lebensmittel im Kühlschrank verfaulen lassen, ihre Bankkonten zurückgelassen und waren einfach verschwunden.

Es erinnerte ihn an Penelopes Rudel. Und wer hätte es gedacht? Dieselbe Firma, die ein Haus an

Gerard Kline vermietet hatte, verpachtete jetzt eines an einen Theodore Kline.

Zufall? Daran glaubte Kit nicht. Er musste sich fragen, ob es vielleicht einen Grund dafür gab, dass niemand eine Leiche in dem Feuer gefunden hatte. Einen Grund dafür, warum eine gewisse junge Frau, misshandelt und traumatisiert, im Krankenhaus aufgetaucht war, wobei viele ihrer Verletzungen nicht von einem Feuer oder Schussverletzungen verursacht worden waren.

Zu vermuten, dass dieser Kline möglicherweise den Werwölfen wehtat, und entsprechend dieses Verdachts zu handeln, waren jedoch zwei verschiedene Dinge. Kit mochte unbarmherzig sein, aber er befolgte auch streng die ihm vom Lykosium auferlegten Regeln. Es durfte keine Strafzumessung ohne Beweise geben, die er nicht bekommen würde, wenn er auf der Farm herumlungerte. Er hatte seine Aufgabe hier beendet. Um den verwilderten Samuel hatte man sich gekümmert. Der illegalen Anzahl an Werwölfen, die auf der Farm versammelt waren, war ein legaler Rudelstatus zugewiesen worden. Der Job war geschafft.

Aber er konnte noch nicht gehen.

Er hatte noch eine Sache zu erledigen.

KAPITEL ZWEI

Poppy sah zum dritten Mal innerhalb der letzten Stunde aus dem Küchenfenster des Farmhauses. Der Garten blieb derselbe – grün, wachsend und leer. Trotzdem blieb das quälende Gefühl, beobachtet zu werden, und machte sie angespannt.

Seit dem Vorfall mit Samuel und dem Lykosium war sie unruhig und nervös gewesen. Sie hatte nie gewusst, dass die Farm beobachtet wurde. Spionierte noch immer jemand?

Warum sollte jemand das tun? Sie machten nichts Falsches. Sie lebten jetzt als richtiges Rudel, mit einem Alpha, der sich um sie kümmerte, und bewirtschafteten ihr Land.

Realistisch gesehen verstand Poppy, dass sie keinen Grund zur Sorge hatte. Niemand hier würde ihr wehtun, und alle würden als Schild für sie einstehen, wenn sie Hilfe bräuchte. Dieses Wissen half jedoch nicht gegen ihre wachsende Angst und die Rückkehr ihrer Albträume.

Sie konnte nicht einmal genau festmachen, was ihr Wiederaufleben auslöste, und doch konnte sie die Ergebnisse nicht ignorieren. Sie wachte wimmernd, schwitzend und beschämt auf. Dann fühlte sie sich schrecklich, weil ihre Albträume auch ihren Bruder weckten, der sie daraufhin tröstete, während er versuchte, seinen Zorn und seine Machtlosigkeit zu verbergen, weil er es nicht für sie in Ordnung bringen konnte.

Darian war immer der große Bruder gewesen, der die bösen Dinge verschwinden ließ.

Als ein Kind Poppy auf dem Spielplatz geschubst hatte, woraufhin sie schluchzend und mit einem aufgeschürften Knie nach Hause zurückkehrte, war der Übeltäter am nächsten Tag mit zwei verbundenen Knien und einer Entschuldigung aufgetaucht.

Der Junge, der sie für ein anderes Mädchen abserviert hatte? Besagtes Mädchen gab dem Jungen den Laufpass, weil ein gut aussehender Oberstufenschüler sie auf eine Verabredung einlud.

Ihr großer Bruder war immer für Poppy da gewesen, außer als er es nicht gewesen war. Er war direkt nach der Highschool dem Militär beigetreten, was kein Problem gewesen wäre, wenn ihre Mutter sich nicht mit der falschen Sorte eingelassen hätte.

Poppy blinzelte und zog den Kopf ein. *Nein. Nein.*

Damit beschäftige ich mich nicht. Manche Dinge blieben am besten in der Vergangenheit.

Sie beschäftigte sich damit, das Abendessen für die riesige Gruppe vorzubereiten, die auf der Farm lebte. Astra konnte nun jeden Tag ihr Kind auf die Welt bringen und hatte einen überfürsorglichen Ehemann namens Bellamy. Dann waren da Pierce, Reece, Nova, Hammer, der mürrische Lochlan und der Alpha des Feral Packs, Amarok, mit seiner frisch angetrauten Frau Meadow. Sie hatten vor Kurzem Asher verloren, ihren eigenen Spaßvogel, als dieser in die Stadt gezogen war, um mit seiner Gefährtin zusammen zu sein, aber er hielt Kontakt. Auch wenn sie sich freute, dass er die Liebe gefunden hatte, vermisste sie sein unbeschwertes Lächeln und seinen Humor.

Das Essen, das Poppy servierte, wurde verschlungen und für köstlich erklärt. Nichts Neues. Das sagten sie über jede Mahlzeit. Da sie kochte, beteiligten sich alle am Saubermachen, bis auf Astra, welche die Füße hochlegte und eine Hand auf ihren runden Bauch legte.

»Ich glaube, dem Baby hat der Kuchen gefallen«, sagte Astra mit einem Lächeln zu ihrer Bauchgegend.

Zu Beginn der Schwangerschaft hatte Poppy ihre Freundin beneidet. Als junges Mädchen hatte sie sich immer vorgestellt, mehrere Kinder zu haben. Dann wurde ihr diese Möglichkeit genommen. Das Beste, worauf sie hoffen konnte, war, indirekt durch andere zu leben.

»Willst du, dass ich dir einen Kräutertee mache?«, bot sie an.

»Keine Flüssigkeiten mehr!«, stöhnte Astra. »Ich habe mich letzte Nacht fast eingenässt, als mir das Baby gegen die Blase getreten hat.«

Ein Lächeln umspielte Poppys Lippen. »Es dauert jetzt nicht mehr lange.«

»Erinnere mich nicht daran«, erwiderte Astra mit einem gespielten Stöhnen. Sie und Bellamy konnten es nicht erwarten, ihre Familie zu erweitern. Sie hatten gegen ihre Familien kämpfen müssen, um zusammen zu sein, aber sie liebten einander genug, dass sie sich geweigert hatten, dem Druck nachzugeben.

Manchmal wünschte Poppy sich, sie könnte diese Art von Liebe finden, und dann traf sie die Realität ihrer Vergangenheit. Kein Mann würde sie jemals wollen, sobald er die Wahrheit kannte.

»Ich glaube, ich werde früh ins Bett gehen«, sagte sie, als sie bemerkte, dass es draußen bereits dunkel war, bis auf die Solarleuchten, die den Weg von der Farm zu der Hütte erhellten, die sie mit ihrem Bruder teilte. Sie hatten sie nur für sie aufgestellt, damit sie den Weg nicht im Dunkeln gehen musste. Sie hatte ihnen nie erzählt, dass die Lichter ihre Angst nur schlimmer machten, da sie die Schatten hinter dem beleuchteten Pfad intensivierten.

Um zu verschwinden, musste sie durch die Küche gehen und den Spießrutenlauf aus wohlmeinenden

Mitbewohnern durchstehen. *Geht es dir gut? Willst du Gesellschaft? Wie wäre es, wenn ich dich begleite?*

Sie wies sie alle ab und erklärte: »Ich bin nur müde. Ich werde mich mit Süßigkeiten vollstopfen und im Bett ein Buch lesen.« Um ihre Aussage zu unterstreichen, nahm sie eine Dose mit frisch gebackenen Keksen und lächelte, als sie durch die Hintertür trat.

Während sie den Pfad entlangging, fragte sie sich, ob irgendjemand zusah. Es kostete sie Mühe, nicht loszulaufen. Wenn sie das tat, könnte es jemand sehen und nach dem Grund fragen. Sie könnte es niemals sagen. Schlimm genug, dass sie sie alle wie ein verletztes Tier behandelten. Wenn sie wirklich verstanden –

Sie schüttelte den Kopf, um die Gedanken zu vertreiben, die nicht aufhören wollten. Warum jetzt? Warum versuchten die Erinnerungen nach all der Zeit, wieder an die Oberfläche zu kommen? *Bleibt in eurer Kiste.* Sie hielt diese Kiste verschlossen, wenn sie wach war, aber sie öffnete sich immer wieder, wenn sie schlief.

Sie betrat die Hütte, und die Keksdose, die sie in der Hand hielt, fiel beinahe zu Boden, als sie merkte, dass sie nicht allein war.

Ihr Herz hämmerte und sie kämpfte darum, nicht zu zittern. »Was machst du hier?«, fragte sie den Mann, der im Lieblingssessel ihres Bruders saß. Das strahlende Rot seiner Haare war ein Kontrast zu seinem kalten Blick. Sie stellte die Süßigkeiten ab, bevor sie sie noch fallen ließ.

»So treffen wir uns wieder.«

»Wohl kaum *wieder*, da wir beim letzten Mal nicht miteinander gesprochen haben.« Aber sie erinnerte sich daran, ihn im Lagerhaus gesehen zu haben, als Asher Val vor einigen bösen Leuten gerettet und sie ihre Angst heruntergeschluckt hatte, um mitzugehen und zu helfen.

Kit. Kein Nachname. Ein Vollstrecker des Lykosiums. Hier in ihrem Haus.

Sie versuchte, nicht allzu sehr zu zittern, und bemühte sich, das Beben aus ihrer Stimme herauszuhalten. »Was willst du?«

»Deine Hilfe.« Eine schlichte Aussage.

»Wobei?« Sie grub die Fingernägel in ihre Handflächen, aus Angst vor seinen nächsten Worten.

Seine Lippen waren leicht gekrümmt und ihr rutschte das Herz in die Hose, als er förmlich schnurrte: »Rate mal, warum das Lykosium genau deine Dienste benötigen könnte, Penelope Moondust Jameson.«

Die Benutzung ihres alten Namens ließ sie erschaudern. Sie schüttelte den Kopf und schlang die Arme um ihren Körper. »Du hast die falsche Person.«

»Verschwende deinen Atem nicht mit Lügen. Ich weiß, wer du bist. Ich weiß, wo du herkommst. Und ich brauche deine Hilfe.«

Er konnte sie nur um eine Sache bitten. Die eine Sache, die sie nicht tun konnte. »Ich kann nicht.«

»Wer sagt, dass du eine Wahl hast? Das Lykosium wendet sich an dich, um bei einer Untersuchung bezüglich Verbrechen gegen die Werwölfe zu helfen.«

Ihre Lippen zitterten, als sie flüsterte: »Ich würde lieber sterben.«

»Und scheinbar auch andere verdammen.«

»Ich kann dir nicht helfen.« Sie ballte ihre Hände zu Fäusten und grub die Fingernägel in ihre Handflächen, in dem Versuch, das Zittern zu unterdrücken, das sie daran erinnerte, warum sie dorthin geflohen war, was manche als den Rand der Welt bezeichnen würden.

»Das kannst du. Wenn du aufhörst, dich in Angst zu suhlen.«

Sie reckte ihr Kinn. »Das nennt sich Selbsterhaltung.«

»Bezeichnet man so heutzutage Feigheit?«

Die Beleidigung ließ ihr die Kinnlade herunterklappen. »Raus.«

»Ich werde gehen, aber nur weil ich hier fertig bin. Du hast die Nacht, um darüber nachzudenken.« Kit stand plötzlich auf, zu groß und eindrucksvoll. Kein Freund wie Amarok und die anderen.

»Ich brauche keine Zeit, um zu wissen, dass die Vergangenheit begraben bleiben sollte.« Denn, genau wie Leichen, stank die Vergangenheit mit den Jahren nur umso mehr.

Er starrte sie lange genug an, dass sie erschauderte. Überwiegend vor Angst, aber auch vor Bewusstsein. Sein Duft. Die Größe. Die Kraft.

»Aber ist sie begraben? Denn mir scheint es, als würdest du jeden Tag mit ihr leben.« Und mit dieser unheilvoll scharfsinnigen Aussage ging er. Erst dann fiel ihr auf, dass er einen schwachen Geruch von Fuchs und eine Sicherheit zurückgelassen hatte, die sie schwer schlucken ließen.

Ich glaube, er könnte mein Gefährte sein.

Nicht dass sie es jemals mit Sicherheit herausfinden würde. Der Grund, warum er sie um Hilfe gebeten hatte, war die Sache, die dafür sorgte, dass jemand Kaputtes wie sie, verdorben und alles andere als perfekt, niemals Liebe finden konnte.

Ich bin es nicht wert.

KAPITEL DREI

S*ie ist meine* G*efährtin.*

Es hätte nicht möglich sein sollen, nicht für jemand Unwürdigen wie Kit. Nicht aufgrund von etwas, das er getan hatte, sondern aufgrund reiner Genetik. Kit war das, was manche als Unmöglichkeit bezeichneten. Ein Werwolf-Fuchs mit gewissen Wolfmerkmalen. Niemand wusste, wie es passiert war, aber Kit hatte einige Theorien, von denen keine angenehm war.

Als Kit die Hütte durch die Hintertür verließ, hielt er inne, als ihm auffiel, dass jemand auf ihn wartete.

»Was zum Teufel tust du hier?« Darian, Poppys älterer Bruder, trat aus den Schatten, die Hände an den Seiten zu Fäusten geballt und das Gesicht vor Wut – und Angst – angespannt. Selbst Werwölfe, die nichts zu verbergen hatten, waren vorsichtig, wenn ein vom

Lykosium zugelassener Vollstrecker vor ihrer Tür auftauchte.

»Ich hatte etwas mit deiner Schwester zu besprechen.«

»Einen Scheiß hattest du!« Kit machte keine Anstalten, sich zu verteidigen, als der andere Mann ihn packte und gegen die Wand der Hütte schlug. »Lass Poppy in Ruhe!«

»Ich befürchte, das ist nicht möglich.« Nicht ganz die Wahrheit. Kit konnte einen Weg finden, ohne sie zu ermitteln, und doch hatte er sich dazu entschieden, sie zu konfrontieren, in der Hoffnung, ihr nahe genug zu kommen, um seine Neugier zu befriedigen. Es hatte nicht funktioniert.

»Warum?«

»Ich habe vielleicht denjenigen gefunden, der ihr wehgetan hat.«

»Er ist tot.«

»Tote hinterlassen Leichen«, merkte Kit an.

»Willst du sagen, dass Gerard am Leben ist? Wo?« Darian ließ Kit los und ballte wütend die Hände zu Fäusten.

»Gibt es einen Grund, warum du interessiert bist?« Denn Kit musste noch herausfinden, ob der Mann namens Gerard Kline irgendwelche Verbrechen begangen hatte.

»Scheiße ja, ich bin interessiert. Der Mistkerl hat meiner Mutter und meiner Schwester wehgetan.«

Seltsamerweise verschaffte die Information Kit

keine Erleichterung, sondern entfachte stattdessen seinen eigenen Zorn. »Bist du dir da sicher? Deine Schwester wird es bestätigen?«

»Nein, sie bestätigt es nicht, weil du ihr besser nicht erzählt hast, dass Gerard vielleicht nicht tot ist.«

»Sicherlich vermutet sie es.«

Darian wirbelte herum und schlug auf die nächstgelegene Sache ein, was zufällig ein Baumstamm war. »Ja, sie vermutet es. Verdammt. Ich hätte zu dem Mistkerl reingehen sollen, um sicherzugehen, dass er tot ist.« Darian warf einen finsteren Blick in seine Richtung. »Wo ist er?«

»Ich befürchte, das kann ich dir nicht sagen, besonders da ich mir nicht sicher sein kann, ob er derselbe Mann ist.«

»Konnte Poppy ihn identifizieren?« Darian blickte zur Hütte.

»Ich habe nichts zu zeigen, da die Bilder, die ich beschaffen konnte, nicht von der besten Qualität sind. Der Verdächtige ist recht kamerascheu. Ich befürchte, es wird ein direkterer Ansatz nötig sein.«

Darian verstand und schüttelte den Kopf. »Nein. Du wirst sie nicht in die Nähe dieses Monsters bringen. Hat sie nicht genug gelitten?« Seine Wut enthielt auch Kummer – und Schulgefühle, weil er sie nicht beschützt hatte.

»Andere leiden vielleicht immer noch.«

»Dann tu etwas dagegen.«

»So einfach ist es nicht.«

Darian lehnte sich zu ihm. »Es nennt sich eine Kugel in den Kopf. Wenn du es nicht tun willst, dann sag mir, wo sich der Mistkerl versteckt, und ich werde mich darum kümmern.«

»So wie du es letztes Mal getan hast? Du hast das Feuer gelegt, oder?«

»Er hatte sich im Haus verbarrikadiert. Es war die einzige Option, die ich hatte.«

»Und sie ist gescheitert, da Gerard Kline scheinbar entkommen ist.«

»Denkst du, dessen bin ich mir nicht bewusst? Damals dachte ich, er würde sterben. Ich hatte auf ihn geschossen. Das Haus in Brand gesteckt.«

»Mit deiner Mutter darin?«

Darians Miene wurde finster. »Sie war bereits tot.«

»Das hast du auch von Kline gedacht. Vielleicht hättest du bleiben sollen, um dein Werk zu beobachten.«

»Ich konnte nicht. Poppy hat mich gebraucht.«

»Du hast nicht gewartet, um sicherzugehen, dass der Job erledigt war, weshalb ich hier bin.«

»Du benutzt nicht meine Schwester. Das werde ich nicht erlauben. Finde jemand anderen.«

»Es gibt niemand anderen. Sie ist die einzige Überlebende, die ihn gesehen und gerochen hat, die vielleicht unseren Verdächtigen identifizieren kann.«

Das Argument half nicht. Darian brummte: »Du willst sie in Gefahr bringen.«

»Ich würde nicht zulassen, dass ihr etwas zustößt.

Wenn sie einwilligt, beabsichtige ich, bei jedem Schritt ihr Schatten zu sein.«

»Was, wenn du dich verkalkulierst? Was, wenn es Gerard ist, er sie in die Finger bekommt und versteckt?«

»Es gibt Technologie, um zu gewährleisten, dass das nicht passieren kann.«

Darian zog widerwillig die Oberlippe zurück. »Du willst ihr einen Chip einsetzen.«

»Es ist die beste Möglichkeit, um dafür zu sorgen, dass sie nicht verloren geht.«

»Sie wird nicht verloren gehen, weil sie nirgendwo mit dir hingeht«, erklärte Darian nachdrücklich.

»Das ist nicht deine Entscheidung.«

»Scheiße, doch, das ist es. Sie ist meine kleine Schwester. Und ich habe sie vielleicht einmal im Stich gelassen, aber das werde ich nicht noch mal tun.«

Kit nahm Darian seinen Beschützerinstinkt nicht übel. Kit konnte seine Ermittlung sogar ohne Poppy fortführen. Allerdings konnte er nicht gehen, denn er verstand Poppy besser als Darian. »Wie sieht es mit ihren Albträumen aus?«, fragte er und wechselte die Richtung der Unterhaltung.

»Woher weißt du darüber?«

»Musst du das wirklich fragen?«

Darian rieb sich über das Gesicht. »Natürlich. Du weißt es, weil du spioniert hast.«

»Willst du ihr nicht die Chance geben, sie zu beenden? Nicht länger in Angst zu leben, immer über ihre Schulter zu schauen?«

»Bring den Mistkerl um, der sie misshandelt hat, vielleicht wird sie sich dann sicher fühlen.«

»Wird sie das? Oder braucht sie einen Abschluss? Eine Möglichkeit zurückzuschlagen?«

»Was sie braucht, ist, nicht erinnert zu werden.«

»Laut dir. Vielleicht solltest du mit ihr reden und hören, was sie sagt.« Er blickte zum Fenster, wo der Vorhang zuckte.

Als Darians Blick folgte, verschwand Kit und wurde eins mit den Schatten, wobei er sich der Tatsache bewusst war, dass Poppy jedes Wort gehört hatte.

Trotz dessen, was er zu Darian gesagt hatte, lag die finale Entscheidung, ob sie half oder nicht, bei ihr. Er würde sie niemals zwingen. Würde ihr niemals wehtun.

Aber so oder so würde er sie rächen.

KAPITEL VIER

Poppy trat vom Fenster zurück in dem Wissen, dass sie beim Lauschen erwischt worden war. Auf der anderen Seite waren die Männer bei ihrer Unterhaltung nicht gerade diskret gewesen.

Sie hatte die ganze Sache gehört. Darian, der versuchte, sie zu beschützen. Kit, der kalt klang, aber gleichzeitig ein berechtigtes Argument vorbrachte.

Würde es ihre Angst lindern, gegen denjenigen vorzugehen, der ihr wehgetan hatte? Andererseits, was konnte sie tun? Sie war in der Vergangenheit machtlos gewesen. Seither hatte sich nichts geändert, bis auf die Tatsache, dass sie sich jetzt vor dem Leben versteckte.

Darian stürmte hinein und sein finsterer Blick wurde bei ihrem Anblick sanfter. »Geht es dir gut?«

Das fragten immer alle. Sie fassten sie mit Samthandschuhen an. Als wäre sie zerbrechlich.

Kaputt. Das war sie, und doch wollte sie gleichzeitig schreien, dass sie aufhören sollten, sie zu behandeln, als wäre sie schwach. Zu anderen Zeiten wollte sie sich hinter anderen verstecken und sie ihr Schild sein lassen. Plante sie, so den Rest ihres Lebens zu verbringen?

»Du hättest nicht so grob zu ihm sein sollen«, tadelte sie. »Er arbeitet für das Lykosium.«

»Scheiß auf den Rat. Wo waren deren Mitglieder, als du gelitten hast?«

»Sie wussten es nicht.« Eine leise Ausrede.

»Sie hätten es wissen sollen.« Er gab ihnen die Schuld, sie jedoch nicht.

»Wie hätten sie es wissen sollen, wenn ich es nie jemandem sagen konnte? Sie sind nicht allwissend. Und es war meine Schuld.« Sie hätte die Zeichen sehen sollen, dass Gerard nicht derjenige gewesen war, für den er sich ausgegeben hatte.

»Es ist nicht deine Schuld!«, leugnete er heftig. »Dieser Mann, mit dem Mom ins Bett gegangen ist, war ein krankes Monster.«

»Ich will nicht darüber reden.« Sie beendete die Unterhaltung, weil sie sie bereits zu oft geführt hatte. Jedes Mal brüllte und tobte Darian, dann gab er sich die Schuld, weil er zum Militär gegangen war und sie verlassen hatte. Sie weinte. Er fühlte sich schlecht. Dann taten sie beide so, als wäre alles in Ordnung, wobei sie die Tatsache ignorierten, dass es ihr in keiner Weise besser ging.

Auch wenn Darian weiter schimpfen wollte, drängte er sie nicht. Denn sie war zart.

Hmpf. Kit hatte nicht so getan, als würde sie zerbrechen. Er wollte ihre Hilfe. Wenn er nur nicht um die eine Sache gebeten hätte, die sie nicht tun konnte.

Als sie zu Bett ging, war es keine Überraschung, dass sich die Vergangenheit erhob, um über sie herzufallen.

Das Haus, vor dem sie anhielten, schrie förmlich nach Geld. Penelope, die auf dem Beifahrersitz des Wagens ihrer Mutter saß, machte große Augen.

»Hier wohnt Gerard?« Gerard war Moms neuer Freund.

Mom nickte.

»All das, indem er das Geld anderer Leute investiert?« Sie konnte den ungläubigen Tonfall nicht zurückhalten, denn selbst für ein Mädchen im zweiten Studienjahr am College schien es weit hergeholt.

»Er ist so klug.«

Intelligent und aufmerksam – zu sehr für einen Menschen. Beim ersten Treffen hüllte er sie mit seinem Charme ein. Verwöhnte sie beide mit Essen und Unterhaltung. Bald waren sie regelmäßige Besucher. Es war eine schöne Zeit. Eine glückliche Zeit. Also erschien es nur natürlich, dass Mom bei Gerard einzog, wobei ein Zimmer zu Penelopes persönlicher Verwendung frei blieb. Immerhin hatte er mehr als genügend Platz für sie beide – einschließlich eines mehrere Hektar großen Waldstücks, in dem man rennen konnte. Als Werwölfin, die in der Stadt aufs College ging und sich um ihre Kurse sorgte, waren ihre Besuche sehr entspannend. Bei jeder sich ihr bietenden Gelegenheit verstaute Penelope ihre Kleidung in einem Baumstamm und rannte stundenlang auf vier Beinen herum.

Das ging sechs Monate so, bevor sich alles änderte.

Es geschah während der Frühlingsferien. Obwohl sie mehrere Wochen lang nicht miteinander telefoniert hatten, schrieben sie und ihre Mutter sich ständig SMS. Als sie ankam, wirkte es seltsam, dass Mom nicht da war, um sie zu begrüßen, nur Gerard.

»Wo ist Mom?«, fragte sie, als sie ihren Koffer die Stufen hinaufschleppte, während das Taxi wegfuhr.

»Sie ruht sich aus. In letzter Zeit ging es ihr nicht gut.«

»Oh nein. Warum hat sie nichts gesagt?«, rief sie.

»Sie wollte nicht, dass du dir Sorgen machst. Außerdem ist es in ihrem Zustand völlig normal.«

»Zustand?«, wiederholte sie fragend. »Ist ihr schlecht?«

»Ja. Aber es ist eher Morgenübelkeit.« Gerard strahlte. »Wir sind schwanger.«

»Oh.« Die Überraschung traf sie, besonders da Mom, die Ende vierzig war, immer behauptet hatte, mit dem Kinderkriegen fertig zu sein.

»Du wirst eine große Schwester sein.«

»Das ist großartig!« Die Begeisterung war nicht gänzlich vorgetäuscht. Sie liebte Babys. *»Wann kann ich sie sehen?«*

»Bald. Zuerst muss ich dir etwas zeigen. Etwas Besonderes, das ich nur für dich gemacht habe.«

Er führte sie in das Untergeschoss, einen Ort, an dem sie nie gewesen war, da das riesige Haus alles hatte, was sie brauchte. Sie erwartete einen Erholungsraum. Vielleicht sogar eine Bowlingbahn, die bei den Reichen beliebt war.

Stattdessen gingen sie durch eine dicke Holztür in einen sterilen Raum mit Metalloberflächen und medizinischer Ausrüstung. Bevor sie herumwirbeln und fragen konnte, wo sie waren, ließ ein Piks in den Arm sie bewusstlos werden.

Sie wachte in einem Käfig auf. Einem Käfig, der groß genug war, dass sie aufstehen und an den Stäben rütteln konnte, während sie sich heiser schrie.

Was war passiert? Warum wurde sie gefangen gehalten?

Ihre Mutter war diejenige, die ihr die Antworten darauf gab. Sie erschien im Keller, ihre einst gesunden Züge ausgemergelt, ganz im Kontrast zu ihrem runden Bauch.

»Mom?« Penelope konnte das Zittern nicht aus ihrer Stimme heraushalten.

»Oh, meine kleine Poppy Seed. Ich wünschte, du wärst ferngeblieben.« Mom brach in Tränen aus.

Penelope umklammerte die Gitterstäbe. »*Mom, was geht hier vor sich?*«

»*Ich habe das getan. Es ist meine Schuld*«, *schluchzte ihre Mutter.* »*Er hat mir gesagt, du würdest verschont bleiben, wenn ich höre. Und das habe ich. Überwiegend. Aber als ich herausfand, was er getan hat, und versucht habe zu gehen ...*« *Ihre Mutter konnte vor lauter Weinen nicht sprechen.*

Penelope verstand nicht. Sie musste streng sprechen, strenger als sie es je mit ihrer Mutter getan hatte. »*Was geht hier vor sich? Was hat Gerard getan?*«

Ihre Mutter konnte es ihr an diesem Tag nicht erzählen, da der Mann selbst auftauchte und kein Wort sagen musste. Mom hastete davon und Poppy fand allzu bald heraus, zu welcher Verdorbenheit er fähig war.

Es dauerte Monate an. Monate, während derer sie lieber sterben als leiden wollte.

Mom, die sie seit ihrem ersten Tag der Gefangenschaft nicht mehr gesehen hatte, war diejenige, die ihr zur Flucht verhalf.

Sie erschien im Keller, wobei sie nur einen hauchdünnen Morgenrock trug, der weder die blauen Flecke an ihrem Körper noch die Blutspuren an ihren Beinen und Händen verbarg. Sie hatte einen wilden Gesichtsausdruck und plapperte zusammenhanglos vor sich hin.

»*Schnell, schnell, bevor der Jäger zurückkehrt. Lauf. Lauf. Schneller als ein Hase.*«

Auch wenn sie verwirrt wirkte, war ihre Mutter vernünftig genug gewesen, den Schlüssel mitzubringen, mit dem der Käfig aufgeschlossen wurde. Als sie herauskam, umfasste Penelope die Hände ihrer Mutter.

»Was geht hier vor sich, Mom? Wo ist Gerard?«

»Tot? Für den Moment? Vielleicht nicht?« Ihre Mutter kicherte. Es war ein schrilles, wahnsinniges Geräusch, das Penelope zerriss.

»Hast du ihn umgebracht?«

»Ich habe es versucht. So oft. Aber er will einfach nicht sterben«, jammerte ihre Mutter.

»Lass uns gehen.« Die Flucht war wichtiger als die Tatsache, ob Gerard tot oder am Leben war. Gemeinsam schafften sie es aus dem Keller heraus, durch die Hintertür bis an den Waldrand.

Sie gingen nicht weiter. Ein Schuss ertönte in der Luft und Mom gab kein Geräusch von sich. Sie fiel einfach zu Boden.

»Mom!« Penelope schrie, als sie das Blut sah. Dann schrie sie erneut, als eine zweite Kugel sie ins Bein traf.

Während sie zusammenbrach, drehte sie sich und entdeckte Gerard, dessen Haare nach oben abstanden. Sein weißes Hemd war blutig, sein Gesichtsausdruck böse und entschlossen. Der Lauf seiner Waffe war auf sie gerichtet.

»Gehst du irgendwo hin?«, fragte er grinsend, während er auf sie zuging.

Vergessen war eine Antwort, nachdem ihre Mutter möglicherweise tot zu ihren Füßen lag. Vergessen waren die blauen Flecke an ihrem Körper und das Pochen in ihrem Bein von der blutenden Wunde. Zorn und Frus-

tration griffen um sich und sie verwandelte sich. Bevor sie vollständig zum Wolf geworden war, sprang sie los, gerade als er erneut abdrückte. Die Kugel traf sie in den Bauch, aber nicht bevor sie mit Gerard zusammenprallte und begann, zu beißen und zu reißen.

Obwohl er menschlich war, kämpfte er, holte ein Messer hervor und erwischte sie hart genug, dass sie aufschrie und sich von ihm abdrückte. Gerard stand auf, blutend und wütend.

Sie versuchte zu stehen, brach jedoch zusammen. Er stand über ihr. »Dachtest du wirklich, du könntest weglaufen?«, fragte er. »Du kannst dich nirgendwo verstecken. Was denkst du, wie ich dich und die anderen Perversionen gefunden habe?«

Er hob den Arm, und das wäre das Ende gewesen, wenn nicht die Ablenkung eines anfahrenden Wagens gekommen wäre. Sie nutzte seine Unaufmerksamkeit als ihre Chance zur Flucht. Verschloss ihre Ohren vor den Schüssen. Ignorierte den Geruch von Rauch.

Auf drei Beinen rannte sie durch den Wald, bis sie zusammenbrach und unter einen umgestürzten Baum kroch. Schwach. Verletzt. Bereit zu sterben.

Das war der Moment, in dem Darian sie fand.

Aber der Albtraum ging an diesem Tag nicht zu Ende.

Die Ärzte taten, was sie konnten, um sie zu versorgen, was ihr Zeit verschaffte, um mit Darian eine Geschichte zu spinnen, was passiert war. Die Polizei hatte Moms Leiche in den verbrannten Überresten von

Gerards Haus gefunden, aber der Mann selbst? Seine Leiche wurde nie gefunden.

Bis zu diesem Tag hörte sie ihn noch immer sagen: »Du kannst dich nirgendwo verstecken.«

Die Schreie kamen aus voller Kehle, als sie aus dem Albtraum aufwachte. Eingewickelt in ihre Bettdecke. Schwitzend und zitternd.

Darian erschien in seinen Boxershorts, mit zerzausten Haaren und weit aufgerissenen Augen. »Ich bin hier, Poppy Seed.«

Seit diesem Moment war er ihr nicht von der Seite gewichen. Aber es half nicht, ihn in der Nähe zu haben.

Nur eine Sache konnte das vielleicht tun.

Das war vermutlich der Grund, warum ihr Bruder heulte, als sie sagte: »Ich werde dem Vollstrecker helfen.«

KAPITEL FÜNF

K‍it hörte sie schreien und wollte zu ihr gehen. Es schmerzte ihn beinahe körperlich, draußen versteckt zu bleiben. Er griff darauf zurück, auf einen Baum einzuschlagen, oft genug, dass sich seine Knöchel verfärbten und die Haut aufriss. Der Schmerz half ihm jedoch, sich zu fokussieren.

Er sollte gehen. Jetzt. Heute Nacht.

Was dachte er sich dabei, sie hineinzuziehen? Der Bruder hatte die Wahrheit gesagt, als er erklärte, sie hätte genug gelitten. Kit hatte die Krankenhausberichte gelesen, die nicht nur die Verletzungen beschrieben, die sie dorthin gebracht hatten, sondern auch die älteren, die ihre Spuren hinterlassen hatten.

Narben auf ihrem Rücken, als wäre sie ausgepeitscht worden. Brandflecke. Anzeichen von Nadeleinstichen, von denen er wetten würde, dass sie sich diese nicht selbst gesetzt hatte, auch wenn die Ärzte von Drogenmissbrauch ausgegangen waren.

Dazu noch der Schuss, der ihr die Gebärmutter und ein Stück ihres Darms genommen sowie ihre Wirbelsäule gestreift hatte – es war kein Wunder, dass sie sich davor fürchtete, sich dem Mann zu stellen, der ihr Leben ruiniert hatte.

Hatte Kit den Übeltäter gefunden? Er konnte sich nicht sicher sein, nicht ohne ihre Bestätigung, denn auch wenn sich Gesichter ändern konnten, so traf das nicht auf den einzigartigen Geruch einer Person zu.

Aber dafür musste sie nicht persönlich anwesend sein. Er könnte etwas von dem Verdächtigen herbringen, einen persönlichen Gegenstand, vorzugsweise ein Kleidungsstück, das er getragen hatte. Er würde wetten, dass es seine Schuld war, dass der Albtraum sie in dieser Nacht so hart getroffen hatte.

Es tut mir leid. Das tat es wirklich. Bevor er einen Schritt tun konnte, öffnete sich die Hintertür ihrer Hütte und sie spähte hinaus.

»Kit?« Sie sprach seinen Namen leise aus, zögerlich.

Er antwortete fast nicht.

»Wenn du da draußen bist, ich habe meine Entscheidung getroffen. Ich werde dir helfen.«

Was? Der Mut, den sie aufbringen musste, um diese zittrigen Worte auszusprechen, schlug ihn beinahe in die Flucht.

Wie konnte er sie darum bitten? Er sollte jetzt gehen.

Er trat hinaus und glitt von Schatten zu Schatten, bis er wusste, dass sie ihn spüren konnte.

»Du musst das nicht tun. Ich werde einen anderen Weg finden.« Plötzlich versuchte er, es ihr auszureden.

»Wir wissen beide, dass du zu mir gekommen bist, weil es keine andere Option gibt. Wenn ich die einzige Überlebende bin, dann kann nur ich ihn identifizieren.«

»Wenn er es ist.« Er löste Zweifel aus.

Als Poppy hinauskommen wollte, griff ihr Bruder nach ihr. Sie schlug seine Hand weg und ging auf Kit zu.

»Warum denkst du das? Die Polizei glaubt, dass er im Hausbrand gestorben ist und nur nicht gefunden wurde, weil das Gebäude eingestürzt ist.«

»Glaubst du, dass er tot ist?«

Ihre Lippen wurden schmal. »Ich weiß, dass er es nicht ist. Und wenn du fragst, dann weil du einen Hinweis gefunden hast.«

»Wohl eher ein Muster, das dem ähnelt, das dein Rudel erlebt hat.«

»Mein Rudel?« Ihr Tonfall war trällernd. »Was ist damit? Es hat sich aufgelöst, nachdem unser Alpha gestorben war.«

»Er wurde erschossen.«

»Die Polizei hat es als Jagdunfall gewertet.«

»Vielleicht, oder es könnte sein, dass er von

jemandem getötet wurde, der nicht wollte, dass er Stunk macht, sobald Rudelmitglieder begannen, spurlos zu verschwinden.«

Darian schloss sich ihnen mit einer Frage an. »Warte, wenn die Leute verschwunden sind, warum hat das Lykosium so lange gebraucht, um sich einzuschalten?«

»Zum einen wussten wir es nicht sofort. Sobald es uns aufgefallen ist, war niemand mehr übrig, den wir hätten befragen können.«

»Bis du mich gefunden hast.« Poppys leise Aussage. »Du hast gesagt, es widerfährt jetzt einem anderen Rudel?«

»Vielleicht. Die Leute verschwinden und tauchen nicht anderswo wieder auf.«

»Wie viele?«, fragte Darian.

Kit zuckte die Achseln. »Es ist schwierig, eine genaue Zahl zu bekommen, da niemand auf unsere Anrufe reagiert.«

»Wenn das der Fall ist, woher wisst ihr dann, dass jemand vermisst wird?« Poppy zog die Augenbrauen zusammen.

»Weil wir, sofern es möglich ist, den Überblick über die Werwölfe behalten. Die meisten halten sich daran, uns über ihren Aufenthaltsort zu informieren, was das plötzliche Verschwinden so vieler innerhalb kurzer Zeit so seltsam macht.«

»Keine Unfälle?«

Kit schüttelte den Kopf. »Nein. Und die Übeltäter

sind diesmal besser darin, ihre Spuren zu verwischen. Ganze Haushalte wurden ausgelöscht. Häuser und Wohnungen wurden geleert. Bankkonten geschlossen. Fahrzeuge sind verschwunden. Sie erscheinen einfach nicht mehr an ihrem Arbeitsplatz, und ihre Handys sind nicht im Netz.«

»Warum denkst du, dass es mit dem Mistkerl zusammenhängt, der meiner Schwester wehgetan hat?«

»Ich weiß nicht, ob es so ist. Ich weiß nur, dass ein Mann namens Theodore Kline ein Zuhause von derselben Firma mietet wie Gerard, als ihr ihn kanntet.«

»Das sind viele Zufälle«, merkte sie laut an.

»Zu viele.«

»Ich verstehe immer noch nicht, warum du Poppy brauchst. Wenn du einen Experten brauchst, warum schleichst du dann nicht dort herum und spionierst? Darin bist du gut.« Darians Sarkasmus entsprach Kits gewöhnlich trockenem Tonfall.

»Das würde ich, aber Kline ist, obwohl er in einem Wohnbezirk lebt, gut geschützt. Elektrozäune, Wachmänner, Kameras.«

»Klingt, als wäre das dein Problem«, erwiderte Darian grinsend.

»Nicht mehr, jetzt, da ich den Schlüssel gefunden habe, um hineinzukommen.« Kit wich nur knapp der Faust aus, mit der Darian ausholte. Aber der wirklich unerwartete Schlag war Penelopes Gesichtsausdruck.

KAPITEL SECHS

Bei Kits Worten rastete Darian vorhersehbarerweise aus.

»Meine Schwester geht nicht wegen der vagen Vermutung, dass irgendein reicher Kerl Werwölfe umlegt, auf ein bewachtes Anwesen.«

»Ihr würde nichts passieren.«

»Oh, woher weißt du das?«, schrie Darian zwischen seinen Schlägen. »Du hast selbst gesagt, der Ort sei gut bewacht.«

»Das ist er für jemanden, der versucht, leise hineinzukommen. Aber wenn es Beweise für Verbrechen gegen Werwölfe gibt, dann habe ich die Zustimmung des Lykosiums, hineinzugehen und mich darum zu kümmern.«

»Du meinst die Erlaubnis des Lykosiums, zu töten«, warf Poppy ein.

Kit nickte kurz. Sein Gesicht war eine unerbittliche Maske, während sich alle von Darians Emotionen in seiner Miene und der Klangfarbe seiner Stimme zeigten.

Es war keine Überraschung, dass das Gebrüll andere Mitglieder des Rudels zu ihnen lockte. Rok, Bellamy, Lochlan und Hammer traten aus den Schatten.

Darian wirbelte erleichtert herum. »Gott sei Dank seid ihr hier. Könnt ihr glauben, was dieses Arschloch Poppy anzutun versucht?«

»Kit wird ihr nichts antun, dem sie nicht zustimmt«, antwortete Rok.

»Ha.« Darian zeigte ein triumphierendes Grinsen. »Siehst du, du rothaariger Idiot? Du kannst deinen Plan nehmen und ihn dir sonst wo hinstecken.«

»Das ist nicht deine Entscheidung«, sagte Poppy leise. Totenstille folgte.

»Äh, was?« Darian blinzelte sie an.

»Ich bin es leid, Angst zu haben. Ich will nicht mehr vor Schatten zurückschrecken. Die Albträume müssen aufhören. Wenn dieser Mann Gerard ist, dann will ich Gerechtigkeit für Moms Tod. Für das, was er mir und anderen angetan hat.« Sie hob den Kopf, um Kit anzustarren. »Wenn Gerard stirbt, soll er wissen, dass ich dafür verantwortlich bin, dass er mich vielleicht gebrochen hat, ich am Ende aber gewonnen habe.«

»Er ist es vielleicht nicht«, warnte Kit.

»Nein, aber du scheinst dir ziemlich sicher zu sein,

dass er mit dem zu tun hat, was den Werwölfen da draußen passiert.«

Er zögerte, bevor er nickte.

»Wer auch immer diese Person ist, sie muss aufgehalten werden.«

»Das musst nicht du tun«, erklärte Darian.

»Nein, aber ich will helfen.« Sie reckte ihr Kinn. »Ich fände es schön, wenn du mit mir kämst.«

Sie fragte Kit nicht, sah aber, wie er die Lippen zusammenpresste, als Darian sagte: »Verdammt richtig, ich komme mit.«

Es war keine Überraschung, dass es auch der Rest der Gruppe anbot, was dazu führte, dass sie den Kopf schüttelte. »Bellamy, du weißt, dass du nicht kannst, wenn Astra so kurz vor der Geburt steht. Und Rok, du bist frisch verheiratet und der Alpha. Du kannst nicht wegen etwas aufbrechen, das dich nicht betrifft.«

»Du betriffst mich«, war Roks eindringliche Antwort.

»Und dafür liebe ich dich, aber das ist etwas, das ich tun muss.«

Letzten Endes stimmte sie zu, dass Lochlan und Hammer sich ihnen anschlossen, überwiegend weil sie perverse Freude daran hatte zu sehen, wie Kit noch einige weitere Male mit den Augen rollte und seufzte.

Er mochte vielleicht alle Zuversicht der Welt haben, sie zu beschützen, aber sie kannte ihn nicht, egal was ihre Hormone darüber behaupteten, er sei ihr Gefährte. Sie wusste nicht, ob sie ihm vertrauen konnte, aber Darian, Lochlan und Hammer? Sie wusste, dass sie persönlich durch die Hölle gehen würden, um sie zu retten, und diese Beruhigung brauchte sie, denn wenn es wirklich Gerard war, dann würde sie sich ihrer größten Angst entgegenstellen.

Was, wenn sie nicht stark genug war? Was, wenn ... was, wenn sie wieder in diesem Käfig landete?

Als hätte er ihre Gedanken gelesen, beugte Darian sich zu ihr und sagte: »Ich werde nicht zulassen, dass dir jemand wehtut.«

Seltsamerweise war es Kits gebrüllte Aussage: »Um Himmels willen, hört auf, so zu tun, als würde sie zum Galgen geführt. Sie ist stärker, als ihr alle ihr zutraut«, die ihre Entschlossenheit am meisten stärkte.

Er hielt sie für stark. Sie wollte wieder das Mädchen sein, das außer vor den Abschlussprüfungen vor nichts auf der Welt Angst hatte.

»Ich gehe, und das ist endgültig.« Dann, während sie alle diskutierten, stolzierte sie zum Haupthaus. Wenn sie einen Ausflug machten, musste sie etwas zu essen einpacken.

Und vielleicht etwas Reizvolles, denn zum ersten Mal seit langer Zeit fühlte Poppy etwas.

Sie fühlte sich lebendig.

KAPITEL SIEBEN

Trotz seiner Aussage hasste Kit sich dafür, sie gefragt zu haben, denn jetzt, da sie Ja gesagt hatte, würden sie mehr Zeit miteinander verbringen.

In unmittelbarer Nähe.

Mit ihrem Bruder und zwei Männern, die sich wie Brüder verhielten.

Verdammt.

Mit ihren Plänen, in der Morgendämmerung aufzubrechen, hatte Kit genügend Zeit, um seinen Geländewagen aus seinem Versteck zu holen und Luna anzurufen.

»Wie stehen die Dinge?«, fragte sie. Sie nahm immer ab, egal welche Uhrzeit es war. Manchmal fragte er sich, ob Luna jemals schlief. Mit sechzehn war er wegen Randalierens, ganz zu schweigen wegen Alkoholkonsums als Minderjähriger, festgenommen worden, und sie war völlig gelassen erschienen, ohne dass auch nur eine Haarsträhne falsch lag. Als sie ihn dort hinausgeführt hatte, hatte sie kein Wort gesagt. Sie hatte ihn nie angerührt, sondern ihm nur einen Blick zugeworfen. Die schlimmste Sache überhaupt.

Er wusste es besser, als sie anzulügen. Er tat es dennoch. »Die Dinge sind gut.«

»Du klingst nicht gut.« Luna wusste immer, wie er sich wirklich fühlte.

»Mit mir ist alles in Ordnung. Es ist eher so, dass ich etwas Unangenehmes tun muss.«

»Sich zu paaren ist eine natürliche Sache.«

»Was? Nein! Das ist es ganz und gar nicht.« Warum dachte sie das? Und warum kam ihm Poppy in den Sinn? Er verzog das Gesicht. »Wenn du es wissen musst, ich werde bald auf eine Reise mit einigen Mitgliedern des neuen Feral Packs aufbrechen.«

»Als Teil deiner Ermittlungen zu der Spur, der du folgst?«

»Ja. Eine von ihnen könnte vielleicht den Verdächtigen identifizieren.«

»Ich nehme an, du sprichst von Poppy Smith, ehemals Penelope Jameson.«

»Sie ist die einzige Zeugin«, erklärte er.

»Ist das der einzige Grund, warum du sie mitnimmst?«

Anstatt zu lügen, sagte er: »Es ist nicht nur sie. Ihr Bruder und zwei andere kommen auch mit.« Es vermieste seine Stimmung, es auch nur laut auszusprechen.

Gelächter ertönte aus seinem Handy.

»Nicht witzig«, grummelte er.

»Das ist es, wenn man bedenkt, wie sehr du die Gesellschaft anderer genießt«, neckte sie.

»Ich hasse nicht alle.« Auch wenn er gelegentlich nahe dran war.

»Natürlich tust du das nicht. Ich bin stolz auf dich, dass du um Hilfe bittest. Endlich lernst du, ein Teamplayer zu sein.«

»Es ist nicht das erste Mal«, protestierte er. Vor Kurzem hatte er sich von einem anderen Mitglied des Feral Packs helfen lassen, das schlechte Verhalten eines Alphas und dessen Sohn zu beenden.

»Du hast eine Weile gebraucht, aber du lernst endlich zu vertrauen und vielleicht sogar, dich niederzulassen.«

Der Schreck. »Tue ich nicht.«

»Wenn du das sagst«, trällerte Luna.

»Ich weiß nicht, warum ich dich anrufe«, grummelte er.

»Weil ich mir Sorgen machen würde, wenn du es nicht tätest. Wenn ich mir Sorgen machte, würde ich dich verfolgen.«

»Aber mich nicht finden. Ich weiß, wie man sich versteckt.« Das familiäre Geplänkel entspannte ihn.

»Und wer hat dir diese Fähigkeit beigebracht?«

Diesmal lachte er trocken. »Ich nehme an, du bist damit beschäftigt, die nächste Generation auszubilden, während ich weg bin?«

»Wer, ich?« Ein nicht ganz unschuldiges Trällern.

Er erreichte seinen versteckten Geländewagen und stieg ein. »Ich werde mich melden, sobald wir unser Ziel erreicht haben.«

Ihr Tonfall wurde ernst. »Sei vorsichtig, Kit.«

»Bin ich das nicht immer?«

»Diesmal ist es anders. Da braut sich etwas zusammen. Eine Erschütterung in der Welt.«

»Hast du dir wieder *Star Wars* angesehen?«

»Tatsächlich habe ich mir ununterbrochen Marvel angesehen. Herrliche Handlungen, auch wenn sie ein paar Wölfe hätten vertragen können.«

Er prustete. »Nenn mir einen Film, der mit Wölfen nicht besser wäre.«

»*Die Mitchells gegen die Maschinen.*«

»Wage es ja nicht –«

»Hund. Schwein. Hund. Schwein.«

»Brotlaib«, stöhnte er.

Sie lachte. »Und jetzt hast du einen Ohrwurm davon.«

Den hätte er gehabt, wenn er nicht zur Farm gefahren wäre und Poppy nicht auf der Veranda hätte warten sehen.

Da konnte er nur noch denken: *Frau. Mein. Frau. Mein. Gefährtin.*

Verdammt.

KAPITEL ACHT

Nachdem Kit gegangen war, hatte Poppy sich gefragt, ob er tatsächlich zurückkehren würde. Er war alles andere als begeistert über die zusätzlichen Mitglieder ihrer Gruppe gewesen.

Und doch kehrte er zurück, in einem unauffälligen Geländewagen mit dunkel getönten Scheiben und genügend Platz für drei Männer und eine Frau, wenn auch knapp. Kit sagte nichts. Nicht, als sie Rucksäcke und eine große Kühlbox in den Kofferraum luden. Nicht, als sie darüber diskutierten, wessen Tasche zurückbleiben sollte, damit die andere pralle Kühlbox hineinpasste, die sie gepackt hatte.

Kits Miene war finster, als das ganze Rudel erschien, um sich zu verabschieden. Einer nach dem anderen umarmte sie, mit aufmunternden Worten und Drohungen der Verstümmelung, sollte ihr etwas zustoßen, wobei Novas am gewalttätigsten war: »Wenn irgendjemand dir auch nur ein Haar krümmt, werde ich ihm den Schwanz abschneiden und ihn zwingen, ihn zu essen.«

Poppy weinte beinahe.

Rok umarmte sie als Letzter, hob sie vom Boden und knurrte: »Sei vorsichtig.«

Ihre Antwort? »Im Tiefkühlfach ist eine Portion Brownies unter der Lasagne versteckt.«

Seine Augen wurden groß und er lächelte – ein wunderschöner Mann in jeder Hinsicht. Es hatte eine Zeit gegeben, in der sie in Rok verknallt gewesen war, da seine schroffe Freundlichkeit sie so sehr beruhigte, aber jetzt, da sie Kit kennengelernt hatte, der erste Mann seit ihrer Tortur, der tatsächlich ihr Interesse weckte, wusste sie, warum sie es nie mit Rok versucht hatte. Sie wollte diesen Funken. Diese Atemlosigkeit. Diesen Drang, ihn und seine ernste Art zu reizen, um zu sehen, was er tun würde. War Kit kitzelig? Sie wollte es irgendwie herausfinden.

Sie stiegen in den Geländewagen, Kit stumm hinter dem Lenkrad, völlig anders als die Männer auf der Rückbank. Sie hatten alle darauf bestanden, dass sie den Beifahrersitz nahm. Sie würde nicht widersprechen. Sie hasste es, in der Mitte eingequetscht zu werden. Diesmal war diese Freude Hammer vorbehalten, dessen breite Schultern auf der einen Seite gegen Lochlan und auf der anderen gegen Darian stießen.

Sie schnallte sich an und der Wagen rollte an. Ein Blick zeigte, dass Kits Kiefer angespannt war, während sein Blick oft zum Rückspiegel wanderte, wo die Idioten verbale Schläge austauschten. Ihr bekanntes Geplänkel milderte einen Teil ihrer Angst.

Sie hätte wirklich einem von ihnen sagen sollen, zu Hause zu bleiben, aber sie waren beharrlich gewesen, und wie konnte sie wählen, ohne jemandes Gefühle zu verletzen?

Kits Blick traf auf ihren, und der Vorwurf darin war deutlich.

So ein mürrischer Vollstrecker. Er musste lernen, lockerer zu werden. Als Hammer Lochlan anwies, etwas anatomisch Unmögliches zu tun, zuckte sie die Schultern und grinste.

Der arme rothaarige Vollstrecker seufzte. Es löste in ihr den Wunsch aus zu zählen, wie oft er schnaufen und schnauben würde. Dreimal, bis sie ihren ersten Tankstopp einlegten.

Kit hatte ihnen noch kein richtiges Ziel genannt, sondern nur gesagt, dass es eine ungefähr siebenundzwanzigstündige Fahrt werden würde, also eine zweitägige Autoreise, wenn alles gut lief.

Der erste Tag endete weit nach Anbruch der Dunkelheit in einem Motel, was erst ihr dritter Halt des Tages war, seit sie im Morgengrauen aufgebrochen waren. Ihr Hintern war nicht glücklich. Was Kit anging, er musste es spüren, da er sich geweigert hatte, jemand anderen fahren zu lassen.

Sie mieteten drei Zimmer nebeneinander, jedes davon mit einem Parkplatz davor. Betonfußweg, orange gestrichene Türen, von denen die Farbe abblätterte, und Fenster mit vergilbten Jalousien. Sie und Darian bekamen das Zimmer in der Mitte mit zwei Betten. Hammer und Lochlan mussten teilen, während Kit ein Zimmer für sich allein bekam. Niemand bot an, sich bei ihm einzuquartieren.

Es sollte angemerkt werden, dass sie es vielleicht getan hätte, hätte man sie gefragt.

Sie genoss seine ruhige und beständige Anwesenheit. Sie beruhigte auf seltsame Weise. Im Gegensatz zum Rudel behandelte er sie nicht, als wäre sie aus zerbrechlichem Glas. Was ihrem Bruder natürlich nicht gefiel.

»Er ist unhöflich zu dir«, beschwerte Darian sich.

»Weil er nicht herbeieilt, um Sachen für mich zu tragen?«

»Das nennt sich Manieren«, beharrte Darian.

»Das nennt sich Bewusstsein dafür, dass ich fähig bin, und darauf warten, um Hilfe gebeten zu werden. Es ist tatsächlich sehr respektvoll.«

Darian warf ihr einen Blick zu. »Du verteidigst ihn?«

»Ich sage nur, dass es nett ist, bei jemandem zu sein, der nicht so tut, als wäre ich ein schwacher Einfaltspinsel, der beim ersten Anzeichen von Widrigkeiten zusammenbricht.« Die Worte verließen sie in einem Schwall und sie blinzelte. Seit wann musste ihr Bruder sie nicht vor allen Schocks beschützen?

Das letzte Mal war … vor ihrer Gefangennahme

durch Gerard gewesen. Damals hatte sie vor nichts Angst gehabt und nie um Hilfe gebeten, sofern sie sie nicht wirklich brauchte.

»Ich weiß, dass du nicht schwach bist«, protestierte Darian.

»Und doch tust du so, als wäre ich es«, antwortete sie leise. Sie fühlte sich sofort reumütig. »Ignorier mich, ich bin müde und mir tut alles weh. Ich werde vor dem Schlafengehen duschen.« Eine praktische Ausrede, um zu gehen, bevor sie etwas sagte, das Darian wirklich verletzte. Wenn er sie behandelte, als sei sie aus Porzellan, dann nur, weil sie es erlaubte. Sie hätte etwas sagen können, anstatt sich so sehr auf ihn zu stützen, wie sie es tat.

Es half nicht, dass sie nicht Nein gesagt hatte, als er darauf bestanden hatte mitzukommen. Diese Reise drehte sich darum, sich ihrer Vergangenheit und ihren Ängsten zu stellen. Einer Vergangenheit, die ihr Angst machte, weil sie sie nie wieder erleben wollte.

Sie verließ das Badezimmer und sah, dass die angrenzende Tür zu Lochlans und Hammers Zimmer einen Spalt geöffnet war, durch den Darians Stimme drang. Er war gegangen, um ihr Raum zu geben.

Diesmal seufzte sie. Was genau tat sie Darian an? Sie hielt ihn davon ab, sein eigenes Leben wirklich zu leben und jemanden zu treffen, weil er den Betreuer für sie spielte.

Es war an der Zeit, dass sich das änderte. Mit diesem Gedanken ging sie ins Bett.

Der Albtraum traf sie hart.

Gerard kam mit diesem sadistischen Grinsen, das sie zu hassen gelernt hatte, auf den Käfig zu. Diesmal hatte er keine Nadel dabei, aber die unverfänglich wirkende Metallstange in seiner Hand verhieß nichts Gutes.

»Deine Heilungskräfte sind beeindruckend.« Er sprach von seinen Experimenten an ihr, bei denen er ihr absichtlich Schaden zufügte und dann verfolgte, wie sie heilte. »Aber die Narben sind wirklich schade.«

Schnittwunden auf ihrem Rücken. Brandwunden durch Zigaretten. Auch wenn sie Schäden an ihrer Haut schneller reparieren konnte als ein Mensch, konnte sie sich nicht immer der Beweise der Taten entledigen.

»Wo ist meine Mutter?« Penelope hatte sie seit ihrer Gefangennahme nicht mehr gesehen.

»Sie jammert im Bett. Sie hat das Baby verloren.« Er verzog das Gesicht. »Ich hätte es besser wissen sollen, als jemanden ihres Alters zu benutzen. Meine Schuld. Sie schien so gesund zu sein. Aber ich habe große Hoffnungen mit dir.«

Angst traf sie. »Ich werde mich von dir nicht vergewaltigen lassen.«

»Vergewaltigen?« Er prustete. »Du bist ein wenig jung für meinen Geschmack. Außerdem bevorzuge ich meine Huren willig und gehorsam.« Seine Meinung von Frauen widerte sie an. Wie hatten sie und ihre

Mutter sein falsches Lächeln nicht durchschauen können?

»Warum tust du das?«

»Weil ich es kann. Und das Beste ist, dass deine Art sich nicht einmal darüber beschweren kann, denn wenn ihr es tut, könnte die Welt von eurer Existenz erfahren. Und was dann?«

»Es kann nicht schlimmer sein als das, was du tust.« Er quälte sie bereits seit einer Weile immer wieder. Sie hatte das Zeitgefühl verloren. Wochen, Monate, Jahre. Sie wusste es nicht, nur dass es lange genug anhielt, dass sie die Hoffnung auf Rettung verloren hatte.

»Ich führe nur eine Familientradition fort.«

»Der Folter?«

»Eher der wissenschaftlichen Neugier.«

»Du bist krank«, fauchte Penelope.

»Nicht mehr. Deine Art war wenigstens für eine Sache gut.« Er hatte die Gitterstäbe mit seinem Stab erreicht. »Jetzt lass uns sehen, wozu du noch gut bist.«

Zisch.

Die Elektrizität traf sie und ihre Zähne knallten hart genug aufeinander, dass sie sich auf die Zunge biss und Blut schmeckte. Ihre wimmernden Schreie hielten ihn nicht davon ab, ihr Stromstöße zu versetzen. Selbst nachdem sie auf dem Boden ihres Käfigs gelandet war und die Kontrolle über ihre Blase verloren hatte, pikste er sie weiter, bis sie bewusstlos wurde. Als sie aufwachte, hatte sie neue Brandwunden, die er beobachten konnte, und weniger Haare auf dem Kopf.

Als er das nächste Mal mit dem Metallstab zu ihr kam, wimmerte sie. Sie versuchte, die Schreie zurückzuhalten, aber er hörte nicht auf, bis –

Ihre Schreie weckten Darian, der sie wachrüttelte und dann umarmte, wobei er sie wiegte. »Es ist in Ordnung, Poppy Seed. Du bist sicher.«

Aber ausnahmsweise wollte sie seinen Trost nicht. Sie befreite sich aus seinen Armen. »Ich brauche frische Luft.« Als Darian Anstalten machte, ihr zu folgen, schüttelte sie den Kopf. »Allein, bitte.«

Sie ging hinaus auf den Parkplatz des Motels und blickte zum Himmel auf, der mit der Morgendämmerung heller wurde. Sie spürte Kits Annäherung mehr, als dass sie sie fühlte.

»Tut mir leid, dass ich dich geweckt habe«, murmelte sie.

Kit stand neben ihr, die Hände in den Taschen. »Ich habe immer dasselbe gesagt, wenn ich Luna geweckt habe.«

»Luna ist …«

»Meine Pflegemutter. Sie hat mich aus einer gewalttätigen Situation gerettet, als ich jung war.« Er fügte nichts weiter hinzu.

Sie wollte nicht neugierig sein, aber sie fragte trotzdem: »Wann haben deine Albträume aufgehört?«

»Wer sagt, dass sie das haben?«

»Das klingt nicht sehr ermutigend.«

»Wäre es dir lieber, ich lüge?«

Sie verschränkte die Arme und funkelte ihn an.

»Wird mir deine Mission einen Abschluss geben oder war das auch eine Lüge?«

»Ein Abschluss ist nicht dasselbe wie zu vergessen. Wenn es dich tröstet, die Intensität und Häufigkeit lassen mit der Zeit nach.«

Sie verzog die Lippen. »Wie viel Zeit? Denn es ist Jahre her.«

»Für mich waren es mehr als dreißig, und es gibt immer noch Zeiten, in denen ich mit der Überzeugung aufwache, dass ich sterben werde. Oder ich betrete einen Aufzug und fühle mich eingesperrt, als wäre ich wieder in einem Käfig.«

Sie öffnete den Mund. »Du wurdest auch in einem Käfig gehalten?«

»Es gibt viele verkommene Gerards auf dieser Welt.«

Sie wandte sich von ihm ab und blickte nach oben zum Himmel. »Ein Mann, der noch immer am Leben sein könnte. Hat es geholfen, als du die Person getötet hast, die dir wehgetan hat?«

»Ich war nicht derjenige, der es getan hat. Vergiss nicht, ich war noch ein Kind. Aber die Person, die mich gerettet hat, hat dafür gesorgt, dass er nie wieder jemand anderem wehtut.«

»Tut mir leid.«

Er wirkte überrascht. »Warum?«

»Weil es falsch ist, Leuten wehzutun. Besonders einem Kind.«

Die Bemerkung entlockte ihm ein seltsames

Zucken der Lippen. »Auch wenn ich dem Teil mit den Kindern zustimme, bin ich mir wegen des Rests nicht so sicher. Leuten wehzutun ist manchmal der einzige Weg, um ein Problem zu lösen.«

Sie rümpfte die Nase. »Ich habe eine Sekunde lang vergessen, dass du Vollstrecker bist. Ich schätze, Gewalt ist Teil des Jobs.«

Aus irgendeinem Grund wirkte er genervt. »Nicht aus freien Stücken. Aber denk daran, wenn ich zum Dienst gerufen werde, dann weil jemand in einer Machtposition diese gegen diejenigen ausnutzt, die sich nicht wehren können.«

»Und du kommst, um sie als ihr Ritter in glänzender Rüstung zu retten?« Ihre Worte enthielten einen Hauch von Sarkasmus.

Gelächter brach aus ihm heraus. »Ich bin wohl kaum der Heldentyp. Ich schleiche mich mit den Schatten ein und kümmere mich still und leise um problematische Situationen.«

»Gefällt dir dein Job?«

»Nein. Aber irgendjemand muss ihn tun, und wer ist besser geeignet als ein Ausgestoßener?«

Sie musterte ihn, einen Mann, der größer als sie war, mit schlanker, sportlicher Statur. Trotz der frühen Morgenstunde trug er nur ein Polohemd und eine Hose, zusammen mit Slippern ohne Socken. In den Schatten konnte sie nicht wirklich sehen, dass er rote Haare hatte, aber tagsüber ließ sich ihre Farbkraft nicht leugnen. Außerdem gab es kein Entkommen vor seinem Duft. Er umkreiste sie jetzt, tröstlich und gleichzeitig beunruhigend, denn er ergab keinen Sinn. Fuchs. Wolf. Und manchmal gar nichts.

»Was bist du?«, fragte sie.

»Ich wurde schon als Abscheulichkeit bezeichnet.«

»Wohl eher ein Wunder. Du bist sowohl Fuchs als auch Wolf. Ich dachte, das wäre unmöglich.« Etwas mit den Genen der zwei, die nicht kompatibel waren.

Erneut schenkte er ihr ein trockenes Lächeln. »Niemand weiß, wie meine Existenz zustande kam. Ich bin der Einzige meiner Art.«

»Bis du Kinder bekommst.«

Seine Miene wurde kalt. »Ich werde nie Kinder bekommen.«

»Magst du sie nicht?«

»Im Gegenteil, sie sind das einzig Gute auf dieser Welt. Es ist mehr eine Frage der Unfähigkeit, was vermutlich eine gute Sache ist.«

»Das würde ich nicht sagen.«

»Weil du mich nicht kennst.« Eine tonlose Aussage.

Sie spürte eine Anziehung, und tat es doch nicht, zu diesem Mann, der innerlich vielleicht genauso gebrochen war wie sie. Es führte sie zu folgendem Geständnis: »Ich kann auch keine Kinder bekommen.«

»Ich weiß.«

Seine Antwort überraschte sie. »Wie?«

»Deine Krankenhausberichte waren nicht schwer zu hacken.«

Es hätte ihr in den Sinn kommen sollen, dass er sich aufgrund der gefundenen Verbindung zu Gerard mit ihrer Vergangenheit beschäftigt hatte. Die Erinnerung an das, was sie verloren hatte, hinterließ einen sauren Geschmack in ihrem Mund. »Ich habe immer davon geträumt, eine große Familie zu haben. Ich hatte mein Leben geplant. Kochschule, dann ein Job als stellvertretende Küchenchefin, wo ich genügend Erfahrungen sammle, um eines Tages mein eigenes Restaurant zu eröffnen, das ich meinen Kindern hinterlassen kann, wenn ich in Rente gehe.«

»Wer sagt, dass du das nicht immer noch haben kannst?«

»Mein Mangel an einer Gebärmutter. Die Tatsache, dass ich meine Ausbildung nie beendet habe.«

»Ein Kind muss nicht von dir geboren werden, um Familie zu sein. Universitäten nehmen immer Studenten an. Und du bist bereits eine exzellente Köchin, wie ich höre. Was dich wirklich zurückhält, ist Angst.«

Scharfsinnig, auch wenn es sie schmerzte, dass er ihre Ausreden so mühelos durchschaut hatte. »Jeden Tag seit meiner Flucht habe ich darauf gewartet, dass Gerard mich findet. Um zu beenden, was er angefangen hat.«

»Willst du sterben?«

Bei dieser seltsamen Frage prustete sie. »Nein.«

»Dann hör auf, ihn mietfrei in deinem Kopf leben zu lassen, und beginne, selbst zu leben.«

»Das will ich.«

»Dann tu es.«

»So einfach ist das nicht.«

»Ich weiß, dass es das nicht ist. Für manche ist es schwieriger als für andere. Aber du bist kein Feigling.«

»Nicht?« Sie hatte sich vor der Welt versteckt.

»Manche Leute würden sich umbringen, anstatt sich dem Leben nach dem Trauma zu stellen.«

»Es gibt Tage, an denen ich immer noch darüber nachdenke, es zu tun.« Ein hartes Eingeständnis, und eines, das sie nie jemand anderem gegenüber zugegeben hatte.

»Wenn diese Momente kommen, denk daran, dass du nicht allein bist.« Mit diesen Worten griff er nach ihrer Hand und umfasste sie.

Er hielt sie, während der Morgen am Horizont anbrach.

Und zum ersten Mal seit langer Zeit hatte sie keine Angst.

KAPITEL NEUN

Rührselig. Er war ein rührseliger verdammter Idiot. Kit schalt sich, während er duschte und sich auf ihren Aufbruch vorbereitete.

Seine eigene Schuld. Selbst bevor sie schreiend aufgewacht war, hatte er gewusst, dass sie litt. Obwohl er sein Bestes tat, sie zu ignorieren, hatte er es geschafft, eine seltsame Anziehung zu ihr zu entwickeln. Er wusste praktisch immer, wo sie war. Konnte ihre Stimmungen spüren.

Als er gehört hatte, wie sich die Tür ihres Zimmers neben dem seinen öffnete, hatte er sie vom Fenster aus beobachtet. Er konnte es nicht ertragen, sie draußen allein zu sehen. Wie sie die Arme um sich schlang. Traurig. Verängstigt.

Die Unterhaltung zwischen ihnen hatte mehr offenbart, als von ihm beabsichtigt, aber er konnte nicht anders. Poppy musste wissen, dass sie nicht allein war. Dass es Leute gab, die verstanden.

Aber das erklärte nicht, warum er ihre verdammte Hand gehalten hatte, während sie den verdammten Sonnenaufgang beobachteten.

Noch schlimmer, er hatte sich noch nie so zufrieden gefühlt.

Deshalb war er schroff geworden, als er abrupt gesagt hatte: »Sag deinem Bruder und deinen Freunden, dass wir in dreißig Minuten losfahren.«

Was eher eine Stunde war, da sie auf einem richtigen Frühstück bestanden. Scheinbar war ein Proteinshake keine Mahlzeit. Genauso wenig wie das fettige Essen aus dem winzigen Restaurant vor Ort, das sie wollten.

Dann brach ein weiterer Tag in der Hölle an, bei dem der einzige Lichtblick Poppy auf dem Beifahrersitz neben ihm war, die ihm das ein oder andere schüchterne Lächeln schenkte und mit den Augen rollte, als die Männer auf der Rückbank begannen, sich darüber zu beschweren, wer gefurzt hatte.

Es war Hammer. Vermutlich aufgrund des verdammten Frühstücks.

Als jedoch sein Geländewagen eine Panne hatte, gab Kit ihnen allen die Schuld. Er funkelte den rauchenden Motor des Fahrzeuges an, das mit offener Motorhaube am Straßenrand geparkt war. Er hatte bar dafür bezahlt und es mit gefälschten Kennzeichen ausgestattet. Da es nur ein paar Jahre alt war, hätte es keine Probleme machen sollen.

Sie alle begutachteten das Innenleben, als hätten sie eine verdammte Ahnung oder das richtige Werkzeug. Das hatten sie nicht. Genauso wenig konnten sie an diesem gottverlassenen Ort Handyempfang bekommen. Kit funkelte die nicht vorhandenen Balken auf seinem Handy an und wünschte, er hätte vehementer auf ein Satellitentelefon gedrängt, aber die waren teuer und besser zurückzuverfolgen als ein bar im Laden gekauftes Wegwerfhandy.

Aufgrund ihrer wenigen Optionen machten Lochlan und Hammer sich auf den Weg, um Hilfe zu suchen, wodurch Kit mit Poppy und ihrem Bruder zurückblieb.

Kit wäre lieber überall anders gewesen, denn Darian blickte wütend drein. Sehr wütend. Der Grund dafür wurde deutlich, als Poppy für ein wenig Privatsphäre in den Wald ging.

Darian wartete kaum, bis sie außer Hörweite war, bevor er drohte: »Halt dich von meiner Schwester fern.«

»Das ist irgendwie schwer, da es dem Fahrzeug an Raum mangelt, um Abstand zu halten«, war seine besserwisserische Antwort.

»Ich habe gesehen, wie du sie im Visier hast. Sie ist nicht für Leute wie dich.«

Kit stimmte ihm tatsächlich zu. Im Geiste der

Widerspenstigkeit erklärte er jedoch: »Das obliegt nicht wirklich dir.«

»Und ob es das tut. Sie ist meine kleine Schwester.«

»Sie ist eine erwachsene Frau, die von einer wohlmeinenden Familie erstickt wird.« Die Worte klangen härter als beabsichtigt, und Darian sog den Atem ein.

»Wir ersticken sie nicht, du kalter Mistkerl. Das nennt sich Fürsorge.«

»Wenn du dich sorgen würdest, hättest du schon vor langer Zeit etwas gegen ihre Albträume unternommen.«

»Sie will nicht zum Seelenklempner. Und selbst wenn, ist es nicht so, als könnte sie ihm erzählen, was wirklich passiert ist.«

»Also lässt du sie stattdessen an ihrer Angst eingehen.«

»Im Gegensatz zu was? Was sonst könnte ich tun? Ich habe versucht, den Mistkerl umzubringen. Ich dachte, er sei mit dem Haus verbrannt, als er hineinging und nicht mehr rauskam.«

»Hast du jemals versucht, es mit Sicherheit herauszufinden?«

»Nein.« Eine eingeschnappte Antwort. »Ich musste mich um Poppy kümmern.«

»Apropos, du hättest für ihren Seelenfrieden Überwachungskameras installieren können. Ich kann nicht glauben, wie einfach es war, euer Rudel auszuspionieren.«

»Ich habe Rok gesagt, wir sollten uns welche zulegen«, grummelte Darian.

»Du hättest sie in einem Selbstverteidigungskurs anmelden können.«

»Poppy ist keine Kämpferin.«

»Schwachsinn. Sie kämpft jeden Tag, um aus dem Bett zu kommen und die Angst nicht gewinnen zu lassen. Wie ist es dir nicht in den Sinn gekommen, dass es helfen könnte zu wissen, wie sie sich selbst schützen kann?« Kit konnte sehen, wie Darian das Gesicht verzog, aber er machte weiter. »Du hättest Dinge tun können, um ihr zu zeigen, dass sie trotzdem das Leben haben kann, das sie wollte. Sie bei Kochkursen anmelden. In einer Stadt wohnen, damit sie als Köchin arbeiten kann.«

»Sie kocht für uns auf der Farm«, verteidigte Darian sich erregt.

»Es ist nicht dasselbe, und das weißt du.«

»Was macht dich zu einem verdammten Experten?«, gab Darian zurück.

»Mein Job besteht darin, mich um die Nachwirkungen derer zu kümmern, die misshandelt wurden.«

»Was bedeutet, du bringst den Täter um.«

»Wenn das Verbrechen es rechtfertigt, ja. Aber ich bin auch derjenige, der dafür sorgt, dass sich um die Opfer gekümmert wird.«

»Oh, wirklich? Wo warst du, als meine Schwester gefoltert wurde? Als dieser Mistkerl sie in einem Käfig gehalten und als seinen Sandsack benutzt hat? Als er sie ausgepeitscht hat? Und sie verbrannt hat?«

Jeder Vorwurf traf Kit hart, aber gleichzeitig wusste er es besser, als die Schuld auf sich zu nehmen. »Damals war ich in Frankreich und habe einen Wilden gejagt. Ich wusste nichts von den Problemen. Aber du hättest es tun sollen. Oder willst du mir sagen, dir war nicht aufgefallen, dass deine Mutter und Schwester die Kommunikation mit dir eingestellt hatten?«

»Ich war in Übersee auf einer Mission. Ich wusste es nicht, bis ich zum Stützpunkt zurückkam und eine verwirrte Nachricht von meiner Mutter erhielt.« Darian rieb sich mit einer Hand über das Gesicht. »Ich habe um Urlaub gebeten, der mir genehmigt wurde, aber als ich ankam, war es zu spät.«

»Und doch hast du erwartet, dass sich das Lykosium der Sache magischerweise bewusst ist?«, antwortete Kit leise. »Wir tun unser Bestes, aber wir sind nicht allwissend.«

Darian seufzte und lehnte sich an das kaputte Fahrzeug. »Ich weiß, aber es ist einfacher, euch die Schuld zu geben.«

»Wie wäre es, wenn wir die stattdessen dem wahren Bösewicht geben?«

Darian verzog das Gesicht. »Bis zu diesem Tag weiß ich immer noch nicht, wie Gerard von uns wusste. Poppy schwört, ihn nie gesehen zu haben, wenn sie sich verwandelt hat. Und Mom ist selten als Wolf rausgegangen.«

Diesmal zog Kit die Schultern hoch. »Keine Ahnung, aber wenn dieser Kerl, den wir überprüfen, tatsächlich dieses Arschloch ist, werden wir es vielleicht herausfinden.«

»Und dann werden wir ihn töten.«

»Wir werden ihn in Gewahrsam nehmen«, korrigierte Kit.

Darian stieß sich vom Wagen ab. »Warte, du wirst ihn lebendig festnehmen?«

»Nur damit er befragt werden kann. Wir müssen wissen, ob unser Geheimnis gefährdet wurde. Und wenn ja, müssen wir das Ausmaß kennen, in dem es gefährdet wurde, damit wir Schadensbegrenzung betreiben können.«

Bei Darians Blick in den Wald fügte Kit hinzu: »Ich verspreche dir, sobald wir alles bekommen haben, was wir brauchen, wird er sterben. Langsam und schmerzvoll.«

Daraufhin nickte Darian. »Meinetwegen. Aber tu mir einen Gefallen. Sag es nicht Poppy.«

»Poppy was nicht sagen?«, rief sie, als sie aus den Büschen kam. »Ich bin kein Kind mehr, Darian. Und ich habe alles gehört.« Während ihr Bruder rot wurde, blieb Kits Miene ernst.

Bis sie ihn musterte und fragte: »Was, wenn ich Gerard ein paar Fragen stellen will?«

»Wir wissen nicht, ob er es ist.«

Sie rollte mit den Augen. »Ich weiß. Ich meine, wenn er es ist.«

»Dann wirst du deine Gelegenheit dazu bekommen.« Denn sie verdiente die Möglichkeit, einen Abschluss zu finden.

»Was, wenn ich diejenige sein will, die sein Leben beendet?«

Manche würden Nein sagen, um weitere Traumata zu verhindern. Aber da er selbst ein Opfer war, wünschte Kit sich manchmal, Luna hätte seine Täter am Leben gelassen, damit er derjenige hätte sein können, der sie tötete.

Er presste die Lippen aufeinander. »Wenn du ihm wehtun oder ihn töten willst, dann leihe ich dir jede Waffe, die du willst.«

»Als bräuchte ich eine«, war ihre trockene Erwiderung.

Was Darian anging ... »Poppy!«

Während die Geschwister zu streiten begannen, ging Kit langsam davon, beunruhigt davon, dass Darian dachte, er hätte Interesse an Poppy. Er hatte so angestrengt versucht, ihr aus dem Weg zu gehen, und dann hatte er mit ihr geredet, mit ihr geteilt, ihre Hand gehalten.

Hmpf. Von jetzt an würde er Abstand halten müssen.

Letzten Endes wurde der Geländewagen abgeschleppt und sie erfuhren, dass die Reparatur einige Tage dauern würde, da für den Kühler ein Ersatzteil bestellt werden musste.

So lange konnte Kit nicht warten. Je schneller er

seine Mission beendete, desto schneller kehrte er nach Hause zurück und ließ Penelope zurück.

»Wie kann ich in die Stadt kommen?«, fragte er den Mechaniker. Das kleine Dörfchen hatte keinen Gebrauchtwagenhandel, auch fuhren weder Bus noch Zug. Es stand nur ein alter Pick-up zum Verkauf, die Art, die vorn nur eine durchgehende Sitzbank hatte.

Das führte zu einer riesigen Diskussion unter den Männern, die Darian natürlich gewann. Lochlan und Hammer würden zurückbleiben und ihnen folgen, sobald der Geländewagen repariert war.

Da Kit es hasste, Schaltwagen zu fahren, ließ er schließlich Darian hinter das Steuer. Mit Penelope zwischen ihnen in dem alten Pick-up, der nach Hund roch – den Haaren nach zu urteilen ein Golden Retriever –, fuhren sie los.

Und Kit war sich der Frau neben ihm mehr als bewusst.

Die Verzögerung bedeutete eine weitere Nacht in einem Motel. Aber anstatt dass Penelope ein Zimmer mit ihrem Bruder teilte, legte Darian einen Arm um Kits Schultern und sagte zu seiner Schwester: »Nimm du das zweite Schlafzimmer. Ich quartiere mich bei unserem Vollstrecker ein.«

Erst sobald die Tür geschlossen war, knurrte Kit: »Was zum Teufel? Wir teilen nicht. Ich werde ein anderes Zimmer mieten.«

»Ich werde nicht hier schlafen. Ich muss ein wenig Dampf ablassen.«

Kit verstand schnell. »Okay. Sicher.«

»Ich werde die Tür zwischen den Zimmern einen Spalt offen lassen, falls irgendetwas ist. Ich bin vor dem Morgengrauen wieder zurück.«

»Was, wenn sie fragt, wo du bist?« Kit musterte die Tür zwischen den Zimmern. Sie wären miteinander allein, aber getrennt. Kein Problem.

»Sag ihr, ich bin ein paar Bier trinken.« Darian wackelte mit einem Finger. »Behalte deine Hände bei dir, sonst versohle ich dir den Hintern, bis er farblich zu deinen Haaren passt, Lykosium hin oder her.«

»Versuch es nur«, war Kits trockene Antwort.

»Droh ihm nicht!« Penelope betrat das Zimmer und zeigte mit einem Finger auf Darian.

»Scheiße, du musst ihn nicht beschützen«, argumentierte Darian, der auf sie zuschritt, um über ihr aufzuragen.

Sie erwiderte seinen Blick mit gleicher Härte. »Und du musst dich nicht in meine Angelegenheiten einmischen.«

»Wage es nicht, mit ihm etwas anzufangen.«

»Ich werde tun, was ich will und mit wem ich will«, gab sie frech zurück.

»Nur über meine Leiche.«

»Ich sag dir was, wenn du so um meine Tugend besorgt bist, wie wäre es dann, wenn du die nächste Frau, die du in einer Kneipe triffst, so behandelst, wie ich deiner Meinung nach behandelt werden sollte?«

Darians schockierter Gesichtsausdruck brachte Kit zum Lachen.

»Poppy, du bist unvernünftig. Ich passe nur auf dich auf.«

»Ich kann auf mich selbst aufpassen«, erklärte sie mit noch immer finsterer Miene.

»Vielleicht sollte ich bleiben.« Darian musterte erst die Tür, dann seine Schwester.

»Geh ein paar Bier trinken. Ich komme schon klar.« Sie stieß ihren Bruder durch die Tür und drehte sich dann mit einem Augenrollen zu Kit um. »Manchmal ist er schlimmer als eine Glucke.«

»Weil er dich liebt.«

»Manchmal ein wenig zu sehr. Ist deine Adoptivmutter so?«

»Luna hat mehr Freude daran, mich in Richtung jeder beliebigen Person zu stoßen, in der Hoffnung, dass ich sesshaft werde.«

»Noch nicht die richtige Person gefunden?«, scherzte sie.

Er musste den Blick abwenden, um zu lügen. »Nein.«

»Oh. Ich auch nicht«, sagte sie mit hohem Tonfall. »Ich schätze, ich werde ein wenig fernsehen.«

Er lud sie beinahe ein, bei ihm zu bleiben.

Stattdessen sagte er kein Wort, als sie das Zimmer verließ und nach nebenan ging. Er legte sich auf das Bett, sein eigener Fernseher ausgeschaltet, einen Arm unter dem Kopf und sich allzu sehr der Tatsache bewusst, dass sie nur wenige Schritte entfernt war.

Etwas mit ihr anfangen? Schlechte Idee, auch wenn es ihm immer schwerer fiel zu verstehen, warum sie es nicht tun sollten.

Die Frage verfolgte ihn bis in den Schlaf, wo ihm wieder einfiel, warum er sich nicht darum scheren sollte.

KAPITEL ZEHN

Poppy wachte in der Dunkelheit auf, die nur von einem Streifen Neonlicht oberhalb der Vorhänge durchbrochen wurde.

Sie lauschte – und hoffte, dass sie es sich eingebildet hatte. Aber sie hätte schwören können, Bewegungen gehört zu haben. Sie drehte den Kopf zur Tür zwischen den Zimmern. Kit war auf der anderen Seite. Darian auch, wenn er von seiner Kneipentour zurückgekehrt war – Kneipentour bedeutete in diesem Fall, flachgelegt zu werden. Als wüsste sie das nicht.

Nichts durchbrach die Stille. Dennoch stand sie in Shorts und Trägerhemd aus dem Bett auf und ging zur Tür, um hinauszuspähen. Dasselbe Neonlicht kam durch den Spalt zwischen den Vorhängen, sodass sie sehen konnte, dass nur ein Bett belegt war.

Kit.

Ein ruheloser Kit, dessen Gliedmaßen krampften,

während er mit den Armen um sich schlug und seine Beine zuckten. Er drehte den Kopf von einer Seite zur anderen. Er erschauderte.

Er trug nur Boxershorts, sein Oberkörper war nackt und angespannt. Bemuskelt. Er hatte Narben, von denen die meisten aufgrund ihres Alters silbrig weiß wirkten und eine Geschichte erzählten, die sie hören wollte.

Auf leisen Sohlen näherte sie sich der Seite des Bettes, da sie seine Aufregung spürte. Seine Panik.

Er träumte. Es war kein schöner Traum. Sie konnte nicht anders und streckte die Hand aus, um ihn zu berühren.

Sie fiel in seinen Traum.

Sie fand sich auf einer Lichtung wieder, wo sie auf vier pelzigen Beinen stand, als eine kleine rote Gestalt aus dem Wald kam. Nicht allein. Ein weiterer Rotfuchs erschien, dann ein dritter, sie alle versuchten, zur anderen Seite zu laufen.

Aber die Sicherheit, nach der sie strebten, wurde von Männern auf Pferden blockiert, die Speere schwangen, mit denen sie nach den kleinen Füchsen stießen. Sie hielten in der Mitte des Feldes an, auf der einen Seite von spitzen Speeren, auf der anderen Seite von einer Reihe sabbernder Hunde eingekeilt.

Die Füchse schienen keine Chance zu haben, aber dann landete eine pelzige Gestalt in der Lichtung, eine große Füchsin, die mehr gold als rot war und mit ihrem geschmeidigen Schwanz die kleinen Füchse zurück-

drängte, während sie sich um den ersten Hund kümmerte.

Der wilde Kampf dauerte nicht lange. Die Hunde ergriffen die Flucht, bevor sich das Weibchen mit einem Knurren den Jägern zuwandte, wobei sie erneut ihre Welpen hinter sich nahm.

Die Männer nahmen keine Rücksicht auf die Mutter. Sie kämpfte tapfer, verstümmelte zwei der Menschen, aber am Ende starb sie. Und die kleinen Füchse jammerten.

Sie merkte nicht, dass sie nach Luft schnappte, bis Kit sie schüttelte. »Wach auf.«

Sie blinzelte ihn an. »Ich habe gesehen ... ich –«

»Nichts. Du hattest einen Albtraum.«

»Aber die Jäger ... der Fuchs ...«

Seine Augen funkelten. »Ich habe nicht gesagt, dass du in meinen Kopf schauen darfst.«

War es das, was sie getan hatte? »Das war nicht meine Absicht. Ich habe gesehen, dass du einen Albtraum hattest, und habe einfach versucht, dich zu wecken. Es tut mir leid.« Ihr Kinn sank. Sie schloss die Augen in dem Versuch, die Gewalt zu vergessen, die sie gesehen hatte. Dann stellte sie fest, dass sie auf seinem Schoß saß.

Er seufzte. »Ich bin derjenige, dem es leidtut. Ich hätte kein Arsch sein sollen.«

»Du hast nicht gelogen, als du sagtest, du hättest immer noch Albträume.«

Er zuckte die Achseln. »Hin und wieder trifft mich

einer. Ich wache auf. Es ist erledigt. Keine große Sache.«

»Ich kann es nicht erwarten, an diesen Punkt zu kommen.« Sie lehnte ihren Kopf an seine Brust, beruhigt durch das gleichmäßige Schlagen seines Herzens.

»Es wird passieren.«

»Versprochen?«, neckte sie.

Zu ihrer Überraschung antwortete er: »Versprochen. Jetzt solltest du zurück in dein Bett gehen.«

»Aber ich fühle mich hier wohl.« Sie blieb an ihn geschmiegt.

»Das ist nicht angemessen.«

Sie prustete. »Sagt wer?«

»Zum einen dein Bruder.«

»Darian wird nicht vor dem Morgengrauen zurück sein, es sei denn, er findet keine willige Frau. Was noch nie passiert ist, soweit ich weiß.«

»Du stehst deinem Bruder nahe.«

»Manchmal zu nahe. Er war immer beschützend, aber nach meiner Tortur wurde es noch mehr.« Sie drehte sich, um ihr Gesicht an Kits Brust zu reiben.

»Stört es dich?«

»Früher nicht. Damals musste ich mich beschützt fühlen.«

»Jetzt nicht mehr?«

»Ich weiß nicht. Ich dachte, es müsste so sein. Ich habe nie erkannt, wie einengend es sich angefühlt hat, bis du kamst.«

Seine Brust bebte, als er lachte. »Ist dir je aufgefallen, wie wir manchmal unsere eigenen Käfige bauen?«

»In was für einem Käfig hältst du dich gefangen?«

Zuerst sagte er nichts, murmelte dann aber leise: »Ich mag es nicht, wenn mir Leute zu nahe kommen.«

Mit ihrer Wange an seiner Haut flüsterte sie: »Du stößt mich nicht weg.«

»Dessen bin ich mir bewusst.«

Sie neigte den Kopf, um sein Gesicht zu sehen. »Warum? Hast du Angst, ich zerbreche?«

Er gab ein kurzes Lachen von sich. »Meine Gründe sind eigennütziger.«

Sie wand sich auf seinem Schoß, seine Erektion war offensichtlich. »Und wirst du entsprechend dieser Gründe handeln?«

»Nein.« Er sprach nachdrücklich, und doch stieß er sie nicht von sich.

Sie knabberte an seinem Kinn. »Was, wenn ich es wollte?«

»Ich würde dich daran erinnern, dass es der falsche Ort und der falsche Zeitpunkt ist.«

»Wann ist der richtige Zeitpunkt und wo der richtige Ort?«

»Niemals und nirgendwo, weil das nicht passieren kann.«

»Warum?«

»Ich spiele dieses Spiel nicht, Penelope.«

Sie rümpfte die Nase. »Das habe ich seit langer Zeit nicht gehört. Alle nennen mich Poppy.«

»Eine zarte Blume. Ich bin überrascht, dass du es erlaubst.«

»Wie sollte ich sonst genannt werden? Und sag nicht Penelope. Nach Gerard habe ich aufgehört, sie zu sein.«

»Etwas Unerschütterliches, wie du. Stark und loyal.«

»Wie eine Füchsin, die ihre Jungen beschützt.« Sie bereute es, ihn daran erinnert zu haben, als er sich versteifte. Als er sie von seinem Schoß herunternehmen wollte, legte sie die Arme um seinen Hals.

»Wie kommt es, dass ich mich bei dir nicht kaputt fühle?«, fragte sie und zwang ihn, ihren Blick zu erwidern.

»Weil du, verglichen mit mir, perfekt bist.«

»Sagt der wunderschöne Mann«, murmelte sie.

»Sagte noch niemals eine Frau über einen rothaarigen Teufel.« Sein schiefes Lächeln enthielt eine selbstironische Note.

»Sind wir nicht ein Paar? Wir beide sind davon überzeugt, für niemanden gut genug zu sein. Vielleicht weiß ich deshalb, dass du mein Gefährte bist.«

KAPITEL ELF

Kit erstarrte, als sie es sagte.

Du bist mein Gefährte.

Aus irgendeinem Grund hatte er nicht erwartet, dass in ihr dasselbe Verlangen brannte wie in ihm. Immerhin behandelte sie ihn nicht anders als alle anderen. Bis auf die Tatsache, dass sie auf seinem Schoß saß, an ihn gepresst und Druck auf eine Stelle von ihm ausübte, der weniger Kleidungsstücke lieber gewesen wären.

»Hast du vergessen, wie man spricht?«, neckte sie, aber er konnte die unterschwellige Nervosität darin hören. Als hätte sie Angst, zu viel offenbart zu haben.

Er hätte diese Angst lindern können, indem er sagte: *Ja, du bist meine verdammte Gefährtin.* Und sie dann in einem leidenschaftlichen Inferno der Herrlichkeit nahm.

Aber da Kit eben Kit war, konnte er nicht sein wie alle anderen, die ihren Gefährten trafen.

Er stand auf, wobei sein fester Griff sie dazu zwang, sich mit ihm zu erheben. Als er wusste, dass sie auf ihren eigenen Füßen stand, ließ er sie los.

»Was du fühlst, ist eine flüchtige Verliebtheit in jemanden, der für dich nicht wie ein Bruder ist. Es wird vorübergehen.«

Sie neigte den Kopf, aber anstatt aufgrund seiner Zurückweisung verletzt auszusehen, umspielte ein Lächeln ihre Lippen. »Ich kann dir versprechen, dass ich dich nicht als meinen Bruder sehe. Zum einen habe ich meinen Bruder nie so geküsst.« Sie bewegte sich schneller, als er reagieren konnte.

Oder lag es daran, dass er ihren Lippen nicht ausweichen wollte, die plötzlich auf seine gepresst wurden?

Sie küsste ihn, und die in ihm brodelnde Hitze entfaltete sich zu einer Welle flüssigen Verlangens. Eine Sekunde lang erwiderte er ihren Kuss, umfasste ihren Hintern und zog sie näher an sich.

Es war verdammt noch mal wunderbar.

Sie gab ein Geräusch von sich, ein bedürftiges Grummeln. Es wäre so einfach, ihren Drang zu befriedigen. Aber was dann? Was geschah, wenn die Leidenschaft erkaltete und sie es am nächsten Tag bereute?

Er schob sie zur Seite. »Wir sollten das nicht tun.«

»Da bin ich anderer Meinung. Aber wenn du so empfindest. Gute Nacht, mein heißer Fuchs.«

Mein?

Er stand verwundert da, als sie ihn mit schwingenden Hüften und einladendem Blick über ihre Schulter verließ. Als sie das andere Zimmer betrat, sagte sie leise lachend: »Du weißt, wo ich zu finden bin. Ich werde warten.«

Scheiß aufs Warten. Er machte einen Schritt in ihre Richtung, hielt jedoch inne und drehte den Kopf in Richtung eines Geräuschs. Er brauchte nur drei Schritte, um die Tür zu erreichen und sie zu öffnen.

Darian stolperte hinein, das Gesicht blutig und ein Auge zugeschwollen.

»Was ist mit dir passiert?« Kit grunzte, als der Mann plötzlich erschlaffte und er Darians ganzes Körpergewicht stützen musste.

»Habe versucht, den guten Kerl zu spielen. Wurde für meine Mühen verprügelt«, lallte Darian.

»Das war besser nicht schon wieder ein Kampf wegen eines Mädchens.«

Penelope kehrte zurück.

»Tut mir leid, dass ich dich geweckt habe.« Darian versuchte, sich aufzusetzen, aber Kit drückte ihn wieder nach unten.

»Nicht bewegen. Lass uns nachsehen, ob du gebrochene Knochen hast.« Denn diese müssten gerichtet werden, bevor sie begannen, sich wieder zu verbinden – für die meisten Werwölfe ein schnellerer Prozess.

»Den Knochen geht es gut. Ihnen ging es überwiegend darum, mich weichzukriegen, um mich auszurauben. Meinen Geldbeutel haben sie nicht bekommen«, fügte Darian mit einem blutigen Grinsen hinzu.

»Weil sie mit deiner Prepaid-Kreditkarte und zwanzig Mäusen Bargeld so viel hätten anfangen können«, sagte seine Schwester.

»Das ist der Sinn darin«, gab Darian zurück.

Kit verstand. »Lass die Widerlinge nie denken, sie könnten damit davonkommen. Je mehr die Leute sich gegen schlechtes Verhalten wehren und ihnen Konsequenzen bescheren, desto unwahrscheinlicher ist es, dass sie es tun werden.«

»Oder du könntest den Geldbeutel abgeben, dir eine Tracht Prügel sparen und einen neuen kaufen«, merkte sie an.

»Muss schön sein, dieses Privileg zu haben«, antwortete Kit gedehnt.

»Als wärst du nicht mit Wohlstand groß geworden«, mischte Darian sich ein. »Ich weiß, wer deine Mutter ist. Sie hat eine hohe Position im Lykosium.«

Seine Penny – bei der er noch zu entscheiden hatte, ob sie ein *Glückspenny* war – musterte ihn. »Sie ist die Luna im Rat, von der ich gehört habe. Meadow hat uns von ihr erzählt. Ich hätte die Verbindung vorher ziehen sollen.«

»Ich tue unsere Beziehung nicht kund, weil es nicht wichtig ist.« Kit hatte Dinge auf die harte Tour gemacht, um zu vermeiden, dass die Leute ihn beschuldigten, Lunas Position zu seiner Unterstützung zu nutzen.

»Du hast gesagt, sie hätte dich gerettet. War sie einmal Vollstreckerin?«

Er prustete. »Die beste, wie sie mir gern in Erinnerung ruft. Ich kann nicht widersprechen, da sie rechtzeitig erschienen ist, um mich zu retten.«

»Wohingegen ich zu spät kam«, klagte der betrunkene Darian.

Penny legte eine Hand auf den Arm ihres Bruders. »Was passiert ist, war nicht deine Schuld. Es gab Dinge, die ich hätte tun können. Die Mom hätte tun können.«

»Wage es nicht, das Spielchen mit *Hätte, hätte, Fahrradkette* zu spielen«, rief Kit nachdrücklich. »Dinge passieren. Schlimme Dinge. Wir gehen damit um und machen weiter.«

»Sagt der Kerl, der es nicht tut«, murmelte Penny.

Er warf ihr einen Seitenblick zu. Er wollte sie fragen, was sie meinte, aber Darian sah und hörte ein wenig zu aufmerksam zu. Außerdem fielen ihm Dinge auf. »Du bist fürchterlich schnell gekommen, Schwesterherz. Warst du wach? Hattest du einen Albtraum?«

»Ich hatte einen«, warf Kit ein, um ihr die brüderliche Sorge zu ersparen.

»Du?« Darian zog die Oberlippe zurück.

Sie kam ihm zur Rettung. »Sei nett. Er hat mehr durchgemacht, als du jemals verstehen könntest.«

Als würde das den finster dreinblickenden Darian interessieren. »Wenn ich es nicht besser wüsste, würde ich denken, du wärst in den Vollstrecker verknallt.«

»Warum sollte ich das nicht sein? Er ist gut aussehend.« Sie reckte das Kinn, als würde sie ihn herausfordern, etwas anderes zu behaupten.

»Ich habe Fragen in Bezug auf deinen Geschmack«, war Darians säuerliche Antwort.

Woraufhin Kit nicht anders konnte, als zu scherzen: »Ich würde sagen, er ist hervorragend.«

»Halt dich da raus«, grummelte Darian.

»Nein, halt du dich da raus«, schalt Penny. »Wenn ich eine Beziehung mit Kit führen will, dann werde ich das tun, und es ist mir egal, ob es einem von euch beiden nicht gefällt.«

Mit dieser Erklärung stolzierte sie davon und ließ sowohl Darian als auch Kit starrend zurück.

Die Stille wurde gebrochen, als Darian schnaubte: »Warum willst du nicht mit meiner Schwester ausgehen?«

KAPITEL ZWÖLF

AM NÄCHSTEN TAG wollte Kit ihr nicht in die Augen sehen. Ihr Bruder hingegen tat alles, was er konnte, um Poppy in Kits Richtung zu stoßen. Sie verstand seinen plötzlichen Stimmungswechsel nicht. Deshalb zog sie Darian bei ihrem letzten Halt vor dem Zielort beiseite.

»Okay. Raus damit. Warum versuchst du, mich Kit unter die Nase zu reiben?«

»Es ist offensichtlich, dass du den Jungen magst. Und es ist mir in den Sinn gekommen, dass das deine erste Schwärmerei seit Rok ist.«

»Ich habe nicht für Rok geschwärmt«, schnaubte sie, beschämt darüber, dass es möglicherweise offensichtlich gewesen war.

»Was auch immer.« Darian winkte ihre Lüge ab. »Da habe ich ihm verboten, dir nahe zu kommen, obwohl er tatsächlich perfekt für dich geeignet ist, um wieder in den Beziehungssattel zu steigen.« Er strahlte, als er es sagte, nur um daraufhin die Stirn zu runzeln. »Nicht dass du irgendwie reiten solltest ... äh, oder, also ...« Er hörte mit dem Stammeln auf und wurde rot.

»Ich bin keine Jungfrau, Darian.« Sie hatte nur seit dem Abbruch des Colleges keinen Sex mehr gehabt. Wie viele Jahre des Nichtstuns wären nötig, um eine Ehrenjungfrau zu werden?

»Ich weiß. Ich ... ich meine, es ist mir egal. Sag es mir nicht.« Er begann, auf und ab zu gehen. »Ich will damit sagen, wenn du mit dem Fuchs flirten und ausgehen willst, dann tu das. Ich werde deswegen kein Arsch sein, denn ich sollte dich dazu ermutigen, da rauszugehen.«

»Wie wäre es, wenn ich das tue, was ich will, und du mich einfach unterstützt?«

»Ich werde keinen weiteren Vorstoß in Veganismus unterstützen.« Er wackelte mit einem Finger.

Eine kurzlebige Angelegenheit. Sie grinste. »Na gut.«

Sie schlugen darauf ein.

Als Kit kam, musterte er sie argwöhnisch. »Warum wirkt ihr beide so selbstgefällig?«

Jetzt, da sie wusste, dass Darian ihr nicht in die Quere kommen würde und ihre eigene Angst endlich einen Schritt zurück machte, war sie dazu entschlossen, sich mit dem Mann, der sie finster ansah, wieder lebendig zu fühlen.

Sie hakte ihren Arm bei ihm ein. »Ich habe nur gesagt, dass es eine lange Reise war, aber wir sind endlich da. Einen Schritt näher daran, einen Abschluss zu bekommen.«

Das glättete nicht die Falten auf seiner Stirn. »*Falls* dieser Mann Gerard ist.«

»Selbst wenn er es nicht ist, wenn jemand Werwölfen wehtut, will ich helfen, denjenigen aufzuhalten. Vielleicht wird es mir auch einen Abschluss geben, ein Teil der Lösung gegen Gewalt zu sein. Immerhin hat es bei dir funktioniert.«

»Warum sagst du das?«

»Bist du nicht deshalb Vollstrecker geworden?«

Damit zwinkerte sie und glitt ausnahmsweise auf die Rückbank, was ihren Bruder auf die Vordersitze bei Kit zwang. Ein Mann, der sie immer wieder im Rückspiegel ansah.

Ein Mann, der heute Nacht verführt werden musste, vor der Gefahr, der sie morgen begegnen würden.

Anstatt eines Hotelzimmers hatte er ein Haus wenige Blocks von ihrer Zielperson entfernt gemietet. Sie betrachtete das zweistöckige Vorstadtheim und sagte: »Das ist ein netter Ort, um Kinder großzuziehen.«

»Es bräuchte mehr Gartenfläche«, war Kits Bemerkung, als er das Kombinationsschloss öffnete und den Schlüssel herauszog.

»Woher willst du wissen, was ein Kind braucht?« Darians Antwort war abfällig, als er hineinmarschierte.

»Ignorier ihn.«

»Das tue ich bereits«, konterte Kit mit einem halben Grinsen. »Es gibt drei Schlafzimmer, aber eins davon wurde in ein Fitnessstudio umfunktioniert. Nimm du das große Schlafzimmer. Dein Bruder kann das andere haben.«

»Was ist mit dir?«

»Die Couch reicht aus.«

Sie musterte die Couch, die nicht lang genug für seine Gestalt war. Da Darian außer Sichtweite war, lehnte sie sich näher und flüsterte: »Oder du könntest dich mir anschließen.« Sie pflanzte den Samen und schlenderte davon, um die Küche zu finden. Das Zuschlagen der Tür überraschte sie nicht.

Als Kit ein paar Stunden später zurückkehrte, fand er sie kochend in der Küche vor, der einzige Ort, an dem sie sich immer entspannt fühlte. Diesmal war sie entschlossen zu sehen, ob sie sich mit gutem Essen den Weg zum Herzen eines Mannes bahnen konnte.

»Das Abendessen ist fast fertig«, trällerte sie.

»Wie?« Kit betrachtete die Auswahl an zubereiteten Gerichten. »Ich dachte nicht, dass bei dem Haus Lebensmittel inbegriffen waren.«

»Waren sie nicht. Ich bin in den Laden gegangen.«

Er blinzelte sie an. »Du bist rausgegangen.«

»Da ist ein reizender Markt, ungefähr fünfzehn Minuten zu Fuß entfernt.«

»Das hättest du nicht tun sollen.«

Sie schloss den Backofen. »Warum nicht?«

Er öffnete und schloss den Mund. »Weil wir verdeckt agieren sollten.«

»Ich bezweifle stark, dass unsere reiche Zielperson für sich selbst in einem örtlichen Laden einkauft.«

Er blickte finster drein. »Trotzdem. Was, wenn er dich gesehen hat?«

»Ich dachte, der ganze Sinn der Sache wäre, dass ich bestätige, dass Gerard hier ist.«

»Nicht allein!«

»Beruhige dich. Es ist nichts passiert«, besänftigte sie ihn. »Setz dich. Das Abendessen wird gleich serviert.« Sie zeigte auf den Tisch.

Er ließ sich auf einem Stuhl nieder. »Wo ist dein Bruder?«

»Laufen.«

»Während des Abendessens?«

»Er wollte den Ort im Tageslicht in Augenschein nehmen. Also war sein Plan, daran vorbeizulaufen und sich dann irgendwo etwas zu essen zu holen. Er wird zurückkommen, wenn es dunkel ist, damit er es zu späterer Stunde sehen kann.«

»Versucht er, erwischt zu werden?«

»Er sieht überhaupt nicht wie der Militärinfanterist aus, den Gerard damals kennengelernt hat. Was denkst du, warum er sich in den letzten Tagen seinen Bart hat rauswachsen lassen?«

Sie stellte einen dampfenden Teller vor ihm ab. Eine panierte Hühnerbrust lag auf Pasta in einer cremigen Soße mit Speckstückchen, alles bedeckt mit einer dünnen Schicht gehobelten Parmesans.

Er betrachtete es. »Du hast das gekocht?«

Sie nickte. »Meine Version einer cremigen Hühnchen-Carbonara mit karamellisierten Zwiebeln, Pilzen und gedünstetem Spargel.«

Er stöhnte, als er es aß.

Sie war nie glücklicher gewesen, jemanden zu versorgen. Als er fertig war, sah er sie mit einem Gesichtsausdruck an, der sie bis zu den Zehen hin erwärmte.

»Das war köstlich.«

»Ich bin froh, dass es dir geschmeckt hat. Hast du noch Platz für Nachtisch?«

Er blickte auf seinen Bauch. »Scheiß drauf. Ich werde es vermutlich bereuen, wenn ich Nein sage.«

Das hätte er definitiv. Aus dem Kühlschrank holte sie ein Tiramisu mit Schichten aus Erdbeeren, Biskuit und Schlagsahne.

Sie stellte die Schüssel mit einem einzigen Löffel vor ihm ab.

»Isst du nichts davon?«, fragte er.

»Es schmeckt am besten, wenn man es teilt.« Sie ließ sich auf seinen Schoß sinken, wobei sie sich ein wenig verkeilte, da sein Stuhl nur teilweise vom Tisch weggedreht war.

Er erstarrte. »Was machst du da?«

»Nachtisch essen.« Sie nahm ein wenig Tiramisu auf den Löffel und schob es sich in den Mund.

»Mmm.« Die nächste Portion wanderte an seine Lippen.

Er zögerte, bevor er sie öffnete und dann erneut stöhnte. »Bist du sicher, dass ich teilen muss?«

Das entlockte ihr ein Kichern. »Ja.«

Der nächste Löffel ging zu ihrem Mund und verschmierte ihre Lippen. Sie beugte sich vor und er sagte kein Wort. Er leckte nur die Sahne ab, dann küsste er sie. Die Süße des Nachtischs war nicht nötig, denn sein Geschmack war alles, wonach sie sich sehnte. Alles, was sie wollte.

Der Stuhl gab ein leises Geräusch von sich, als er ihn weit genug zurückschob, damit sie sich rittlings auf ihn setzen konnte. Sie umfasste seinen Kiefer, während sie ihn küsste und er mit den Händen ihre Pobacken knetete. Jedes Gleiten von Lippen, Lecken einer Zunge und Reiben ihres Schritts ließ ihren Atem stocken.

Zum ersten Mal seit ewigen Zeiten pulsierte sie förmlich vor Verlangen. Sie machte leise Geräusche, während sie sich auf ihm bewegte, wobei ihr der Druck seiner Erektion die Reibung verschaffte, die sie wollte. Es war so lange her gewesen.

Sie hatte einen Miniorgasmus auf seinem Schoß und schrie in seinen Mund. Er spannte die Arme um sie herum an und erschauderte.

»Verdammt, Penny, was machst du mit mir?« Eine zittrige Frage.

»Ich versuche, dich dazu zu bringen, mich zu

verführen«, war ihre leise Antwort, während sie ihn weiter küsste.

Er stand abrupt auf, wobei er sie in den Armen hielt. Sie schlang die Beine um seine Taille.

Sie hatte keinerlei Zweifel daran, dass sie im Bett enden würden. Sie wollte es.

Die Tür zum Haus wurde mit einem Knall geöffnet, als Darian früh zurückkehrte und rief: »Ich glaube, ich habe Mom gesehen.«

KAPITEL DREIZEHN

Wie es für kalte Duschen üblich war, schockte Darians Ankunft und Aussage die Erregung aus Kit heraus. Die arme Penny stöhnte und murmelte: »Sein Timing ist beschissen.«

Während sie sich von ihm löste und sich am Spülbecken beschäftigte, hatte Kit gerade genügend Zeit, um sich hinzusetzen und die langsam nachlassende Erektion zu verbergen, bevor Darian mit großen Augen in die Küche marschierte.

»Hast du mich gehört? Ich sagte, ich habe Mom gesehen!«, wiederholte Darian.

Penny wandte sich von der Anrichte ab und trocknete sich die Hände an einem Handtuch. »Ich habe gehört, dass du verrückt klangst. Mom ist tot. Wir haben beide ihre Leiche gesehen. Sie begraben.«

»Ich weiß. Es ist verdammt verrückt, aber als ich an diesem Haus vorbeigelaufen bin, habe ich sie auf der

Rückbank eines Wagens gesehen, der rauskam. Und sie sah genau aus wie Mom. Die Haare, die Statur, das Gesicht.« Darian gestikulierte mit den Händen, während Kit auf eine Datei auf seinem Handy zugriff. Er öffnete ein Foto.

»War das die Frau?«

Darian schnappte sich das Telefon und rief: »Ja. Verdammt. Ist sie das?« Er reichte es Penny, die es mit offensichtlichem Widerwillen entgegennahm.

Zuerst stand ihr der Schock ins Gesicht geschrieben, aber je länger sie hinsah, desto tiefer wurden die Falten auf ihrer Stirn. Sie schüttelte den Kopf. »Ähnlich, aber das ist sie nicht. Diese Frau hat einen Leberfleck auf dem linken Wangenknochen, und Moms Augen hatten nicht diesen Farbton.«

»Interessant, dass du denkst, dass eine so große Ähnlichkeit besteht«, bemerkte Kit, der sein Handy zurücknahm. »Wir haben dieses Bild aus Klines sozialen Medien. Soweit wir es beurteilen können, lebt sie mit Kline zusammen. Wir nehmen an, dass sie Klines Freundin ist.«

Darian verzog das Gesicht. »Wenn dieser Theodore tatsächlich Gerard ist, dann ist es irgendwie krank, dass er mit einer Doppelgängerin von Mom zusammen ist.«

»Ist sie ein Werwolf?« Penny richtete ihre scharfsinnige Frage an Kit.

Er zuckte die Achseln. »Keine Ahnung. Wir haben keinen Namen, den wir überprüfen können, und ich bin noch nicht nahe genug an sie herangekommen, um es herauszufinden.« Er musterte Darian. »Hast du sie gerochen?«

»Nein. Die Wagenfenster waren geschlossen.« Darian zog die Mundwinkel nach unten. »Wird es für Poppy nicht schwieriger sein hineinzukommen, wenn er eine Freundin hat?« Er ließ sich auf einen Stuhl fallen und zog den Nachtisch zu sich.

Einen Nachtisch, der von Pennys Lippen und Zunge gekostet süßer geschmeckt hatte.

Kit wandte den Blick ab. Jetzt war nicht der richtige Zeitpunkt, um daran zu denken, wie sie ihn umarmt hatte. Sie hatte es deutlich gemacht, dass sie ihn wollte. Er hätte sie auch genommen, wenn die Unterbrechung nicht gewesen wäre.

»Wenn es Gerard ist, glaube ich nicht, dass er eine Gelegenheit ausschlagen wird, mich wieder in die Finger zu bekommen.« Kit bemerkte das Zittern ihrer Hände, während sie die Spülmaschine einräumte. Er bot ihr keine Hilfe an, da er wusste, dass sie die Ablenkung brauchte. Trotz all ihres Mutes verängstigte sie die Aussicht, ihren Folterer von Angesicht zu Angesicht zu sehen.

»Wenn er es ist«, bekräftigte Kit. »Was mich daran erinnert, ich muss etwas holen.« Er verließ das Zimmer und kehrte mit einem kleinen verschlossenen Behälter zurück. Er stellte ihn auf den Tisch, während Darian sich weiter den Nachtisch in den Mund löffelte.

»Was ist das?«, fragte Penny, die das Handtuch

über den Griff der Ofentür legte, bevor sie sich näherte. Hätte Darian nicht da gesessen, hätte er sie auf seinen Schoß gezogen und sie geküsst, bis dieser besorgte Ausdruck aus ihren Augen verschwand.

Stattdessen tippte er die Kombination ein und öffnete den Deckel. Ein paar Kassetten und eine Spritze befanden sich darin. »Jedes dieser Röhrchen enthält einen Mikro-Senderchip.«

Darian hielt inne. »Du verpasst meiner Schwester nicht einen Chip wie einem Hund.«

»Wie gut ist die Reichweite?«, fragte sie und ignorierte ihren Bruder.

»Es funktioniert, indem er ein Signal von Handymasten reflektiert, also ziemlich gut.«

»Solange sie in der Stadt bleibt«, merkte Darian an.

»Der Großteil des Landes ist mittlerweile abgedeckt.«

»Der Großteil, nicht alles«, gab Darian zurück. »Wir wissen alle, dass es Gegenden gibt, in denen das Signal verzerrt und unterbrochen wird.«

Penny seufzte. »Wäre es dir lieber, ich werde entführt und gar nicht gefunden?«

Ihrem Bruder fiel die Kinnlade herunter. »Natürlich nicht.«

»Dann halt die Klappe, denn ich bekomme einen, genau wie du.«

»Ich?« Darian klang überrascht.

»Du vergisst, dass Gerard mich nicht gefangen genommen hat, weil ich ein Mädchen bin. Es ist genauso wahrscheinlich, dass er dich einsperrt. Und ich kann dich nicht verlieren.«

Darians Schultern sackten zusammen. »Meinetwegen.«

Kit räusperte sich. »Wenn du dich damit besser fühlst, ich habe aktuell drei Stück in meinem Körper. Luna injiziert mir in dem Moment einen neuen, in dem sie denkt, der alte würde nicht mehr funktionieren.« In mancher Hinsicht war sie überfürsorglich, aber gleichzeitig ermutigte sie ihn immer, rauszugehen und zu handeln.

»Tu es.« Penny streckte einen Arm aus.

Er injizierte den Chip unter ihre Haut, wo er praktisch nicht aufzuspüren war. Nur dick isolierte Wände oder ein elektromagnetischer Impuls konnten das Signal stören.

»Bekomme ich jetzt besseren WLAN-Empfang?«, scherzte Penny.

»Zieh nach Europa, dann schon.« Die Worte entwischten ihm und er hätte sich selbst ohrfeigen können.

Darian bemerkte es nicht, sie jedoch schon. Ihr Blick auf ihn enthielt ein Lächeln. »Ich wollte schon immer mehr von der Welt sehen.«

Was bedeutete das?

»Wer spioniert das Haus heute Nacht aus?«, fragte Darian, nachdem er seinen Mikrochip bekommen hatte.

»Nicht du. Du bist bereits vorbeigelaufen. Wenn

sie dich wiedersehen, werden sie argwöhnisch werden.« Kit versuchte, sich auf die Aufgabe und nicht auf die ablenkende Frau zu konzentrieren. »Die Gegend ist nicht so entwickelt, dass ein Fuchs ungewöhnlich wäre.«

»Wie ich gehört habe, bist du größer als ein normaler Fuchs«, merkte der Stimmungszerstörer an.

»Die meisten Leute werden das nicht wissen«, gab Kit zurück.

»Warum überhaupt das Haus bei Nacht beobachten? Erwartest du, dass etwas passiert?« Penny ließ sich auf den freien Stuhl zwischen Kit und Darian sinken.

»Es wäre gut zu wissen, was wir zu erwarten haben. Das Kommen und Gehen. Zeiten, zu denen es mehr Aktivität gibt. Nächtliche Patrouillen.«

»Was, wenn du und ich gemeinsam einen Spaziergang machen?«, schlug sie vor. »Ein Paar, das die Abendluft genießt und hin und wieder stehen bleibt, um zu schmusen.«

»Äh ...« Kit hatte keine Antwort, da er nie geschmust hatte. Aber jetzt, da sie es vorgeschlagen hatte, wollte er es definitiv tun.

Darian verzog das Gesicht. »Widerlich, aber es würde funktionieren, da die Leute nicht auf knutschende Paare achten.«

»Wirst du nicht drohen, mich zu schlagen, wenn ich es tue?« Kit hatte die vorherigen Warnungen nicht vergessen.

Bei dieser Erinnerung zuckte Darian die Achseln.

»Poppy ist eine erwachsene Frau. Sie weiß, wie man Nein sagt und dir einen Tritt in die Eier verpasst, wenn du zu weit gehst.«

Besagte Eier zogen sich zusammen.

»Dann haben wir einen Plan. Bereit, mein heißer Fuchs von Freund?« Sie zwinkerte.

Er stöhnte beinahe. Er wurde definitiv hart. Und als sie hinausgingen, allen Bedrohungen ausgesetzt, verstand er schließlich, warum alle immer an Pennys Seite blieben. Er wollte sie weg von hier an einen sicheren Ort zaubern.

Ich kann nicht zulassen, dass ihr etwas zustößt.

Denn er hatte endlich die eine Sache gefunden, bei der er nicht kalt und objektiv sein konnte.

KAPITEL VIERZEHN

Kit ging steif an Poppys Seite, die ihren Arm bei ihm eingehakt hatte, was das Einzige war, das seine Schritte verkürzte.

»Wir sollen ein verliebtes Paar sein«, erinnerte sie ihn, als sie sich der Adresse näherten.

Er blieb stehen. »Ich war noch nie verliebt.«

Das Eingeständnis schockierte sie. »Niemals? Sicherlich warst du auf Verabredungen.« Er war zu gut aussehend, um nicht von Frauen verfolgt zu werden.

»Ja, ich war auf Verabredungen, aber nichts wirklich Ernstes.« Er rollte mit den Schultern. »Ich habe nie jemanden gefunden, zu dem ich eine Verbindung hatte.«

Sie hätte schwören können, dass sie ihn *bis jetzt* sagen hörte, aber seine Lippen hatten aufgehört, sich zu bewegen.

Sie drückte seinen Arm. »Ich dachte einmal, ich

wäre es, auf der Highschool. Aber er hat sich als Idiot herausgestellt.«

»Dann war es nicht wirklich Liebe.«

»Ich schätze nicht. Willst du jemanden finden?«, fragte sie, wobei sie versuchte, nicht allzu begierig auf seine Antwort zu wirken.

»Ich habe nie darüber nachgedacht, um ehrlich zu sein. Mein Leben ist nicht gerade einer Beziehung zuträglich. Ich reise viel.«

»Und?«

»Niemand will den Großteil seiner Zeit allein zu Hause verbringen«, gab er zurück.

»Ist es dir jemals in den Sinn gekommen, einen Partner zu finden? Jemanden, der mit dir reisen könnte?«

»Nein.«

Eine entschlossene Absage, und doch weigerte sie sich aufzugeben. »Ich wollte schon immer mehr von der Welt erleben. Neue Kulinarik kosten. In die einheimischen Geschmäcker eintauchen.«

»Dann tu es.«

»Du lässt es so einfach klingen«, sagte sie lachend, als sie weitergingen.

»Weil es das ist. Und bevor du mir Ausreden servierst, lass uns ehrlich sein – wenn Gerard dich finden wollte, könnte er es.«

»Wir haben unseren Nachnamen geändert.«

»Zu dem geläufigsten der Welt.« Er prustete. »Er müsste nur einen Gesichtserkennungsscan in einigen

Datenbanken mit Führerscheinen durchführen und hätte dich gefunden.«

»Hast du so unseren Verdächtigen gefunden?«

Er schüttelte den Kopf. »Die wenigen Bilder, die ich ausgegraben habe, sehen überhaupt nicht aus wie dieser Kerl. Es sind die Ähnlichkeiten der Geschehnisse, die mich zu ihm geführt haben. Ganz zu schweigen von seinem Nachnamen.«

»Was, wenn es nicht Gerard ist?«

»Dann macht derjenige trotzdem eine Ermittlung erforderlich, denn wenn er Werwölfe jagt, dann muss er aufgehalten werden.«

»Du klingst wieder wie ein Held.«

Er verzog das Gesicht. »Scheiß da drauf.«

Sie drehte sich plötzlich zu ihm und umfasste seine Wangen. »Sei nicht so hart mit dir selbst.« Sie stellte sich auf die Zehenspitzen und küsste ihn, bevor sie flüsterte: »Wir sollten nicht streiten. Wir sind in Sichtweite des Anwesens.«

Er stöhnte in ihren Mund. »Warum musst du so ablenkend sein?«

Ein leises Lachen entwich ihr. »Nur für dich, mein heißer Fuchs.« Sie umarmte ihn ein weiteres Mal, einfach weil sie es wollte, bevor sie weitergingen. Sie versuchte, sich nicht anzuspannen, als sie die das Gelände umgebende Steinmauer sah. Darauf befanden sich Spitzen, die laut Kit unter Strom standen, was es erschwerte, heimlich einzudringen.

Vor dem Haupttor, das mit einer elektronischen

Tastatur und einem Monitor ausgestattet war, zog er sie in seine Arme, kuschelte sich an ihr Ohr und murmelte: »Kameras sehen und hören zu.«

Wen interessierte das? Sein Mund interessierte sie mehr, genau wie die Hände auf ihrem Rücken.

Ein scharfes Pfeifen und der Schrei: »Hey, macht diesen Scheiß woanders«, holten sie zurück in den Moment.

Ihre Wangen brannten, als sie sich umdrehte und einen finster dreinblickenden Wachmann hinter dem Tor entdeckte.

Kit schenkte ihm ein müheloses Lächeln. »Tut mir leid, wenn zwei Verliebte Sie stören.«

»Seid woanders verliebt.«

Kit sah auf den Bürgersteig hinunter und wieder zurück zu dem Mann. »Sie haben mir nicht zu sagen, was ich auf öffentlichem Eigentum zu tun habe.«

»Hör zu, du verdammter Rotschopf –«

»Liebling, fang keinen Streit an. Das ist es nicht wert. Außerdem wäre ich mit dir lieber an einem privaten Ort.« Sie klimperte Kit mit ihren Wimpern an und richtete dann ein versöhnliches Lächeln in Richtung des Mannes. »Tut mir leid. Er war geschäftlich unterwegs und wir holen immer noch einiges nach.«

Der Wachmann gab nicht im Geringsten nach, genauso wenig nahm er die Hand von seinem Holster. Poppy blieb sich allzu sehr der Tatsache bewusst, dass die Videokameras ihr Gesicht vollständig einfingen.

Wenn Gerard zusah, würde er sie kennen. Ihre

Haare mochten länger sein, ihre Züge etwas erwachsener, aber sie wäre zu erkennen.

»Weg hier, bevor ich die Polizei rufe und euch wegen Erregung öffentlichen Ärgernisses anzeige.« Der Wachmann wollte nicht zurückweichen.

Arm in Arm spazierten sie weiter, Kit angespannt und wütend. Als sie außer Sichtweite des Wachmanns und der Kameras waren, hielt sie ihn vor dem nächsten Haus an, das nur von einem schmiedeeisernen Zaun umgeben war, legte die Arme um seinen Hals und flüsterte: »Ruhig, mein Fuchs.«

»Mir gefällt nicht, wie er mit dir gesprochen hat«, knurrte Kit.

»Er war genauso unhöflich zu dir.« Sie umfasste seine Wange. »Und wir haben viel erfahren. Wir wissen jetzt, dass jemand das Tor bewacht und bewaffnet ist.«

Er nahm einen Atemzug und stieß ihn wieder aus. »Er hatte eine Waffe, einen Elektroschocker, ein Messer und Kabelbinder. Außerdem war ein Handfunkgerät an seinem Gürtel befestigt.«

»Erscheint mir übertrieben. Das ist eine nette Gegend.« Jedes Haus war auf einem großzügigen Grundstück. Wenn man die beachtliche Größe und übertriebenen Sicherheitsmaßnahmen des Zuhauses ignorierte, das sie beobachteten, wirkte das ganze recht spießig. Vor allem, da es sich inmitten eines Wohnblocks befand und von anderen Minivillen umgeben war.

»Es ist eine reiche Gegend, die die Leute schützen wollen.«

Sie deutete mit einer Hand auf das Anwesen hinter ihnen. »Das bedeutet für gewöhnlich die Installation eines Zauns, vielleicht ein paar Kameras, nicht irgendeinen Möchtegern-Söldner am Tor. Nur Leute, die etwas zu verbergen haben, tun das.«

»Es gibt nur einen Weg, das herauszufinden. Ich brauche einen Weg hinein.«

Sie schlich zum Zaun zurück und zog ihn mit sich. Sie platzierte ihre Lippen vor seinen, um ihn zu küssen und zu flüstern: »Das Nachbarsgrundstück ist nicht so gut bewacht.«

»Die Bewohner sind außerdem zu Hause«, bemerkte er, wobei er mit einer Hand durch ihr Haar fuhr und ihren Kopf umfasste.

»Werden sie bemerken, wenn sie ein paar pelzige Besucher haben?«

»Es ist zu gefährlich.« Er lehnte sich ein wenig zurück und sie packte ihn, um ihn zurück zu ihrem Mund zu zerren.

»Bist du nicht derjenige, der mir sagt, ich solle aufhören, mich zu verstecken?«

Er stöhnte. »Vor dem Leben, nicht vor den Bösen.«

»Möglichen Bösen.« Sie knabberte an seiner Unterlippe. »Und außerdem habe ich eine Idee.«

KAPITEL FÜNFZEHN

Pennys Idee war schlecht. Aber nur, weil sie sie beinhaltete. In Wirklichkeit hatte sie einen guten Vorschlag gemacht.

Der Zaun um das Haus von Klines Nachbarn war aufgrund des auf den Bürgersteig ragenden Astes leicht zu überklettern. Noch besser, es sahen keine Kameras zu. Sobald sie im Garten waren, hielt Penny seine Hand, während sie sich durch das Gebüsch und am Haus vorbei schlängelten. Nur wenige Fenster waren beleuchtet, das große auf der Vorderseite zeigte das Flimmern eines Bildschirms, während jemand fernsah.

Sie schlichen sich vorbei, wobei Penny grinste, als wäre es ein Teenagerstreich. Es war schwieriger, als es sein sollte, es ihr nicht gleichzutun, denn er fühlte sich tatsächlich leichter und glücklicher.

Das Schwimmbecken auf der Rückseite war nicht abgedeckt und die Lichter waren ausgeschaltet. In den Schatten bewegten sie sich zum Umkleidehäuschen, das ungefähr einen Meter vor dem Zaun errichtet war.

Er verschränkte seine Finger ineinander, um ihr eine Räuberleiter zum Dach der Hütte zu bieten. Sie ging in die Hocke und wartete darauf, dass er sich ihr anschloss. Er musste die Spitzen auf dem Mauerstück vor ihnen nicht berühren, um die hindurchfließende Elektrizität zu spüren. Auch auf dieser Seite gab es Kameras, die jedoch nicht auf den benachbarten Garten gerichtet waren, denn wie sie beim Flüstern ihres Plans angemerkt hatte: *Niemand will in seinem Schwimmbecken oder Whirlpool ausspioniert werden.* Besonders weil die meisten Leute Letzteres gern nackt benutzten.

Keine in diese Richtung zeigenden Kameras bedeutete, dass sie das Haus nebenan problemlos beobachten konnten. Im Gegensatz zu dem Garten, in dem sie sich versteckten, hatte der nebenan ein vollständig beleuchtetes Schwimmbecken, dessen Unterwasserlichter sich immer wieder änderten. Die Terrasse selbst war mit kleinen Lichterketten am Dachüberstand und den Pfosten ausgestattet. Der Vorhang an der Schiebetür war zugezogen, genau wie an all den Fenstern, von denen nur wenige schmale Lichtspalte freigaben.

Poppy stand auf dem Dach der Hütte, und bevor er fragen konnte, was sie dachte, sprang sie über den Zaun.

Er blinzelte. Er hatte vergessen, dass sie auf der Highschool geturnt hatte. Sie landete auf der anderen Seite und ging sofort in die Hocke. Sie sah ihn an, wobei ihr Blick *Du bist dran* sagte.

Kit mochte viele Dinge tun können, aber ein Salto samt Landung, ohne sich einen Knochen zu brechen, gehörte nicht dazu. Das hielt ihn jedoch nicht auf. Er würde sie in Feindgebiet nicht allein lassen.

Er zog sich schnell aus, bevor er sich in seinen Fuchs verwandelte. Er sprang über den Zaun, in der Hoffnung, sich kein Bein zu brechen. Er landete, wenn auch nicht elegant, und schlug mit der Schnauze im Gras auf, das wenigstens weich war.

Eine Hand streichelte über seinen Rücken, als seine Penny sich zu ihm beugte und flüsterte: »Da ist mein schöner Fuchs.«

Er gab ein Prusten von sich. Egal, dass Luna ihn genauso nannte. Er wusste, dass er ein Mischmasch aus Teilen war. Nur seine Färbung war vorrangig Fuchs.

Penny legte einen Finger an die Lippen und zeigte nach links.

Er hatte die näher kommenden Schritte bereits gehört. Besorgniserregender war: In dem Moment, in dem sie von dieser Mauer und dem Busch weggingen, neben dem sie gelandet waren, würden die Kameras jede Bewegung aufzeichnen. Penny schmiegte sich an die Mauer und schlich sich zu dem Baum, an dem der Bewegungsmelder befestigt war, wobei sie außer Sichtweite blieb. Sie duckte sich unter dem Bewegungsmelder entlang, bewegte sich weiter seitwärts und zeigte einen verblüffenden Sinn dafür, wo sie hingehen musste, um nicht gesehen zu werden.

Für einen Mann wie Kit, der es gewohnt war, sich in den Schatten zu bewegen, war es extrem sexy. Sie schafften es zum äußeren Teil der Terrasse, wo dschungelähnliches Blattwerk Privatsphäre vor den Nachbarn und einen Ort bot, an dem sie sich verstecken und herausspähen konnten.

Sie lehnte sich zu ihm und sagte mit gesenkter Stimme: »Ich kann von hier aus nichts sehen. Ich werde näher rangehen.«

Er knurrte zur Antwort.

Sie ignorierte ihn und rutschte von den eingetopften Bäumen weg, um sich flach an die Hauswand zu drücken.

Anstatt ihr zu folgen und extrem auffällig zu sein, bewachte er und roch in der Luft nach sich nähernden Wachmännern oder Bewohnern. Er bekam hin und wieder eine schwache Spur von etwas, das seinen Geruchssinn reizte, aber nichts Konkretes.

Wusch.

Er wirbelte mit dem Kopf herum und sah nur Penny aufblitzen, als diese in das Haus hineinging und die Tür zuzog. Was zum Teufel?

Scheiß auf das Versteck, er ging direkt zum Glas und drückte seine Nase dagegen. In dieser Gestalt konnte er die Tür nicht öffnen, aber ein nackter

Rothaariger wäre noch auffälliger als ein übergroßer Fuchs.

Verdammt!

Er wollte gerade jede Vorsicht vergessen und hinter ihr hineinstürmen, als die Tür geöffnet wurde und Penny herauskam. Sie flüsterte: »Lass uns gehen.«

Sie kehrte zum Zaun zurück, wo sie auf das Dilemma stießen, wie sie wieder hinüberkommen sollten. Für sie war es leicht. Er verwandelte sich und lachte beinahe, als sie sofort den Blick abwandte. Er hielt seine Hände zusammen. Sie trat mit einem Fuß hinein und er hob sie hoch genug, dass sie zur anderen Seite springen konnte.

Jetzt er. Er musterte die Steinmauer mit ihren elektrischen Spitzen. Er umklammerte den Rand des Zauns und zog sich hoch, wobei er sein Bestes tat, sich an diesen winzigen Teil freien Bereichs zu halten. Aber da war einfach nicht genügend Platz, damit er –

ZZZZZT.

Er blinzelte, als ein nasses Hemd auf den Spitzen landete und einen Kurzschluss verursachte. Lichter gingen an. Schreie ertönten in der Ferne, woraufhin sie flüsterte: »Schnell. Komm hier rüber.«

Er huschte über den Zaun, auch wenn er Angst hatte, dass sie nicht wirklich entkommen konnten, aber es schien, als hätte sie sich auch dafür einen Plan ausgedacht.

Nackt im Schwimmbecken, war sie diejenige, die

den Kuss unterbrach, als die Hausbesitzer sie mit offenem Mund anstarrten.

Der Wachmann von nebenan brüllte in sein Funkgerät: »Falscher Alarm. Nur Nacktbader.«

KAPITEL SECHZEHN

Kit sagte nicht viel, als sie zu ihrem Mietshaus zurückkehrten, er ohne Hemd, da sie ihres mit dem Kurzschluss des Zauns ruiniert hatte.

Das war es wert. Besonders der Teil, als sie ihn mit sich ins Wasser gezogen hatte, wobei sie nur ihren Slip und ihren BH trug, nachdem sie schnell ihre Schuhe und Hose ausgezogen hatte.

Es war die perfekte Deckung gewesen, wobei die älteren Hausbewohner über die Perversen in ihrem Schwimmbecken kreischten und dann den Wachmann anschrien, weil er in ihren Garten eingedrungen war. Es wurde davon gesprochen, die Polizei zu rufen, aber seltsamerweise war der Wachmann derjenige, der die älteren Herrschaften davon überzeugte, sie mit einer Warnung davonkommen zu lassen.

Sie würden keine Aufmerksamkeit erregen wollen.

Kit hielt ihre Hand, trotz seines Zorns. Als sie

einen Block entfernt waren, sagte sie schließlich: »Sofern Gerard nicht völlig seinen Duft geändert hat, ist er nicht derjenige, der dort wohnt.«

Er spannte sich an, dann entspannte er sich wieder. »Gut. Ich werde morgen früh für deine Heimkehr sorgen.«

Sie blieb stehen und brachte ihn ebenfalls dazu. »Ich gehe nicht.«

»Ich habe dich nur hergebracht, um zu sehen, ob es derselbe Kerl ist. Er ist es nicht. Du wirst nicht mehr gebraucht.«

Er meinte für die Mission, aber ihrem Herz gefiel das nicht im Geringsten. »Ich will helfen.«

»Ich brauche es nicht.«

»Danach habe ich nicht gefragt. Ich biete es an.«

»Nein.«

»Warum?«

»Weil wer auch immer dieses Haus bewohnt, offensichtlich etwas Illegales tut, mit dem du nichts zu tun haben solltest.«

»Aber du schon?«, fragte sie.

»Ich bin dafür trainiert.«

»Jetzt. Das warst du aber nicht immer.«

Er funkelte sie an. »Das ist kein Spiel, Penny.«

Ihm gefiel der Spitzname, den er ihr gegeben hatte, auch wenn sie sich fragen musste, ob er sie als Glücks- oder Pechbringer sah. »Du hast recht, das ist es nicht. Das ist ernstes Zeug, und weißt du was? Es fühlt sich gut an, etwas dagegen zu tun, zu handeln, anstatt mich in Angst zu suhlen.«

»Handeln? Nennst du so deine Dummheit?«

Sie prustete. »Du bist nur wütend, weil mein Plan funktioniert hat.«

»Kaum.«

»Aber das hat er. Wir kamen rein und ich konnte gut genug riechen, um dir zu sagen, dass selbst, wenn Gerard nicht in diesem Haus lebt, ein Werwolf hindurchgegangen ist.«

»Bist du dir sicher?«

Sie nickte. »Wolf. Keiner, den ich erkenne. Und zwar vor Kurzem.«

»Nur ein Duft?«

»Zwei, aber für den zweiten konnte ich kein gutes Gefühl bekommen. Ich bin nicht zu weit gekommen, weil ich Leute im Inneren hören konnte. Aber ich habe die Küche und den Essbereich geschnuppert, von denen ich dachte, es wären die wahrscheinlichsten Orte, an denen sich Leute versammeln.«

»Kluge Denkweise.« Widerwilliges Lob.

»Der Werwolf, den ich gut riechen konnte, ist ein Weibchen und saß am Esstisch, was andeutet, dass sie keine Gefangene ist.«

»Vielleicht. Sie könnte an den Stuhl gefesselt gewesen sein.« Er verschränkte seine Finger mit ihren, als sie weitergingen.

»Ich habe weder Blut noch medizinisches Zubehör

gerochen.« Beide Gerüche waren üblich gewesen, als Gerard sie gefangen gehalten hatte.

»Aber das bedeutet gar nichts. Es könnte sein, dass die Werwölfe in einem verschlossenen Bereich eingesperrt sind, wobei der Keller am wahrscheinlichsten ist. Oder sie sind extern gefangen.«

»Wie viele Adressen hat dieser Kerl?«

»Er mietet nur dieses eine Haus, aber die Firma, von der er es mietet, hat mehrere. Ein Bürogebäude, einen Golfklub und zwei Lagerhäuser, beide laut schneller Onlinerecherchen von gehobener Art. Aber etwas wie ein medizinisches Labor für Werwölfe wäre nichts, das sie in irgendwelchen Aufzeichnungen hätten.«

»Was machen wir also als Nächstes?«

»Es gibt kein *Wir*. Du fährst nach Hause, erinnerst du dich?«

Das schelmische Lächeln, das sie ihm schenkte, war eines, an das sich ihr älterer Bruder vermutlich aus ihrer Jugend erinnerte. »Nein, das tue ich nicht, und du kannst mich nicht zwingen.«

»Penny ...« Er stöhnte ihren Namen, als sie die Haustür ihrer Unterkunft erreichten.

»Ja, mein heißer Fuchs?«

»Warum machst du das so hart?«

Da sie noch immer in verschmitzter Stimmung war, umfasste sie ihn. »Willst du, dass ich es in Ordnung bringe?«

»Ich –«

Anstatt sich eine weitere Ausrede anzuhören, küsste sie ihn und hätte vielleicht mehr getan, wenn sich nicht die Tür geöffnet und ihr Bruder sie nicht angefunkelt hätte. »Wird auch Zeit, dass ihr zurückkommt. Wir haben Probleme.«

Poppy wollte ihn erdrosseln, aber der erschöpfte Ausdruck in seinen Augen hielt sie davon ab. »Was ist los?«

»Kommt rein.« Darian trat auf die Veranda und sah sich misstrauisch um, bevor er nach ihnen eintrat und die Tür verriegelte.

»Raus damit. Was hast du getan?«, fragte Kit gedehnt.

»Ich habe gar nichts getan. Wir haben Besuch.«

»Wen?«, wollte Poppy wissen, die ihm ins Wohnzimmer folgte, wo die Frau saß, die aus der Ferne ihrer toten Mutter schrecklich ähnlich sah. Von Angesicht zu Angesicht fielen noch viele weitere Unterschiede deutlich auf, aber der auffälligste war ihr Duft.

»Wer bist du? Was tust du hier?«, knurrte Kit. Er musterte die Frau, die vom Stuhl aufstand, um sich vor Angst gegen die Wand zu drücken.

»Tut mir nicht weh. Ich schwöre, ich will nichts Böses«, rief die Fremde.

»Beherrsch dich, Kit«, befahl Poppy, als sie mit ausgestreckten Händen auf die Frau zuging. »Keine Angst. Wir werden dir nicht wehtun.«

»Sprich für dich selbst«, murmelte Kit.

»Ignorier ihn. Ich bin Poppy.« Sie neigte den Kopf. »Und du bist?«

»Rosemary.« Ein leises Murmeln.

»Hi Rosemary. Du siehst ein wenig verängstigt aus. Warum mache ich uns nicht eine Tasse Tee und du kannst uns erzählen, warum du zu Besuch gekommen bist.«

Sie biss sich auf die Lippe. »Ich sollte nicht hier sein. Aber ich musste euch warnen.«

»Uns vor was warnen?«, brummte Kit.

Rosemary wich zurück.

Poppy beruhigte sie. »Achte nicht auf Kit. Das rote Haar macht ihn widerspenstig. Komm mit mir.« Sie warf den Männern einen bösen Blick zu. »Die Jungs können hierbleiben, während wir beide uns unterhalten.«

Sie betraten die Küche, und sobald die Tür zuging, konnte sie nicht länger das aufgeregte Murmeln der beiden Kerle hören.

Sie konzentrierte sich auf ihren Gast, während sie den Teekessel vorbereitete und einen Teller für Kekse herausholte.

»Also, erzähl mir, Rosemary, bist du Teil des örtlichen Rudels?« Ihr Werwolfduft ließ sich nicht leugnen, derselbe aus dem Haus, in das sie eben eingedrungen war.

»Das bin ich. War ich.« Sie zappelte, die Hände im Schoß, den Kopf gesenkt. »Mein Rudel ist mittlerweile mehr oder weniger verschwunden.«

»Was ist passiert?« Poppy blieb am Herd, in dem Wissen, dass es nicht lange dauern würde, bis das Wasser kochte.

»Ich weiß nicht, was mit ihnen passiert ist, außer dass sie angefangen haben zu verschwinden.«

»Oh?« Poppy täuschte Unwissenheit vor. »Sind sie weggezogen?«

»Nein. Jemand hat sie entführt.« Eine finster ausgesprochene Behauptung.

»Wer?« Poppy wartete darauf, dass Rosemary zugab, dass es der Mann war, mit dem sie zusammenlebte.

Die Frau zuckte die Achseln. »Ich weiß es nicht. Aber ich bekam Angst. Glücklicherweise hatte mein Freund Platz in seinem Haus, damit ich einziehen konnte.«

Die Geschichte ähnelte der ihrer Mutter, weshalb Poppy herausplatzte: »Ist er derjenige hinter ihrem Verschwinden?«

Rosemarys Schock war greifbar. »Teddy? Er würde keiner Fliege etwas zuleide tun.«

»Warum dann die Wachmänner und Elektrospitzen?« Sie merkte zu spät, dass sie offenbart hatte, von seinem Wohnort und seinen Sicherheitsmaßnahmen zu wissen.

Rosemary sprach sie nicht darauf an. »Ich schätze, dein Bruder hat dir erzählt, dass ich bei Teddy in seiner Version von Fort Knox lebe.« Ihr Lächeln enthielt Zuneigung, als sie hinzufügte: »Er kümmert sich so gut um mich.«

»Weiß Teddy, was du bist?« Poppy ging mit dem Tee auf den Tisch zu.

Ihre Augen wurden groß. »Du meine Güte, nein. Er ist ein Mensch und hat nicht den Eid geschworen, auch wenn ich denke, dass ich ihn vielleicht dazu bringen werde. Wir sind so perfekt miteinander.« Sie seufzte.

»Wenn er es nicht weiß, warum dann all die Sicherheitsmaßnahmen?«, drängte Poppy.

»Er denkt, ich wäre einmal Teil einer Bande gewesen.« Sie kicherte. »Ich schätze, so ist es irgendwie. Oder war es.« Sie zog die Mundwinkel nach unten. »Mittlerweile sind nicht mehr viele von uns übrig. Ihr seid die Ersten, denen ich seit Wochen über den Weg laufe. Weshalb ich euch warnen musste. Ihr solltet gehen, bevor jemand euch auch verschwinden lässt.«

Poppy wusste, dass Kit misstrauisch wäre, warum sie sich um Fremde sorgte, wenn er derjenige gewesen wäre, der diese Frau befragte. Aber das läge daran, dass er sich als kaltherzig sah. Poppy empfand es als verdächtiger, dass diese Frau, die sie nie getroffen hatten, sie für Werwölfe gehalten hatte.

»Ich bin froh um die Warnung, aber keine Sorge. Wir können auf uns aufpassen.«

»Wer sind diese Kerle?« Rosemarys Blick landete auf der geschlossenen Tür.

»Bruder und Freund.« Die beste Erklärung. »Wir

machen hier Urlaub.« Egal, dass das hier kein Touristenort war.

»Ihr solltet vielleicht darüber nachdenken, eure Reise woanders zu beenden.« Rosemary stand auf. »Ich sollte los, bevor Teddy sich Sorgen macht. Er denkt, ich bin gegangen, um Eiscreme zu holen.«

Poppy biss sich auf das Innere ihrer Wange, bevor sie das Offensichtliche aussprach. Wenn er um ihre Sicherheit besorgt war, würde er sie dann wirklich allein in der Gegend herumlaufen lassen?

Scheinbar dachte Darian dasselbe, denn als sie aus der Küche kamen, hatte er seine Schuhe angezogen und sagte: »Lass mich dich nach Hause bringen.«

»Was für ein Gentleman!« Rosemary lachte mädchenhaft.

Sie gingen und Poppy wartete darauf, dass Kit etwas sagte. Als er das nicht tat, seufzte sie. »Bevor du irgendetwas sagst, ich weiß, dass sie lügt.«

»Oh?« Nur eine einzelne Silbe.

»Sie lebt mit Kline zusammen. Ihr Duft war der in dieser Küche. Aber sie hat gelogen, als sie behauptet hat, sie wüsste nicht, was mit ihrem Rudel passiert ist.«

Kit hielt sein Handy hoch. »Während ihr geplaudert habt, habe ich ihren Namen mit der letzten Liste verglichen, die wir vom örtlichen Rudel haben. Rate mal, wer nicht draufsteht? Tatsächlich ist niemand namens Rosemary in irgendeiner unserer Datenbanken.«

»Das bedeutet was?«

»Ich weiß es nicht, nur dass es seltsam ist, dass ein nicht registrierter Werwolf an einem Ort gelandet ist, an dem andere verschwunden sind.«

»Wie finden wir heraus, wer sie ist?«

»Ich würde sagen, das ist weniger wichtig als der Grund, warum sie plötzlich vor unserer Tür aufgetaucht ist, denn ich glaube keine Sekunde lang, dass sie gekommen ist, um uns zu warnen.«

»Wozu dann?«

»Zum Auskundschaften. Um herauszufinden, warum wir hier sind, wie viele wir sind. Vermutlich um zu versuchen festzustellen, wie schwer wir auszuschalten wären.«

Die Aussage ließ sie schreien: »Und du hast Darian mit ihr gehen lassen!« Sie lief zur Haustür, aber Kit packte sie.

»Mach langsam.«

»Er ist in Gefahr.«

»Nicht mehr als du es warst, als du beschlossen hast, über diesen Zaun zu springen.«

Sie sah ihn finster an. »Mein Bruder wird besser nicht verletzt.«

Er grinste. »Dasselbe hat er gesagt, als du und ich zu unserem Spaziergang aufgebrochen sind.«

Aus irgendeinem Grund ärgerte sie seine Selbstgefälligkeit, weshalb sie ihn stieß. Er rührte sich nicht, zog aber eine Augenbraue hoch.

»Fühlst du dich jetzt besser?«

»Nein«, grummelte sie.

»Würde es helfen, wenn ich sage, dass ich nicht zulassen werde, dass deinem Bruder etwas zustößt? Oder dir?«

»Das kannst du nicht versprechen. Soweit du weißt, hast diese Frau Darian bereits umgebracht oder betäubt oder –«

»Er ist zurück.«

Ihr Bruder kam herein und rief: »Diese Frau hat mich angebaggert!«

Und Poppy brach in Tränen aus.

KAPITEL SIEBZEHN

Penny kam schnell über ihren emotionalen Ausbruch hinweg, als ihr Bruder sich über sie lustig machte.

»Ich wusste, dass du mich liebst. Und um das zu bekräftigen, solltest du mir Kekse backen«, erklärte Darian.

»Ich habe mir Sorgen gemacht!«, brüllte Penny und schlug ihren Bruder, was für einige Überraschung sorgte. Kit wusste, dass sie gewöhnlich nicht gewalttätig war, aber seit ihrem Aufbruch zu dieser Reise hatte er bemerkt, dass sie weniger zusammenzuckte und forscher war.

»Es geht ihm gut. Ich will wissen, was er von der Frau erfahren hat.«

»Außer dass sie eine Hochstaplerin ist?«, erwiderte Darian mit hochgezogener Augenbraue.

»Warum sagst du das?«, fragte Penny.

Kit hatte von Anfang an gewusst, dass mit Rosemary etwas nicht stimmte.

»Sie hat sich sofort an mich rangemacht, obwohl sie mir von ihrem wundervollen Freund erzählt hat.« Darian rollte mit den Augen.

»Vielleicht steht sie auf jüngere Kerle?« Kit spielte des Teufels Advokat.

»Scheint unwahrscheinlich.« Penny schüttelte den Kopf. »Sie hat mir in der Küche erzählt, dass sie denkt, Kline sei ihr Seelenverwandter und dass er sie gerettet hätte. Sie hat außerdem behauptet, dass er nicht hinter dem Verschwinden steckt.«

Darian prustete. »Sie hat gelogen.«

»Sie klang aufrichtig.« Penny schien sich bezüglich ihres Eindrucks jedoch unsicher zu sein.

»Diese Frau hat mit uns gespielt.« Kit stimmte Darians Schlussfolgerung zu. »Offensichtlich ist unsere Zielperson sich unserer Anwesenheit bewusst und hat sie geschickt, um Informationen zu sammeln.«

»Du denkst, er hat uns bereits mit dem Nacktbaden-Vorfall in Verbindung gebracht?«, fragte sie.

»Moment, was?«, rief Darian. »Ist meine Schwester deshalb klatschnass und in deiner Kleidung aufgetaucht?« Etwas, das in der Verwirrung des Besuchs ignoriert worden war.

»Sei nicht prüde. Wenigstens habe ich einen Weg gefunden, um im Haus schnuppern zu können«, merkte Penny beiläufig an.

»Du hast was getan?«, brüllte Darian.

»Beruhige dich. Was ich getan habe, war nicht schlimmer, als dass du nett zu dieser Frau warst und sie dann nach Hause gebracht hast.«

»Du hast das zugelassen?«, knurrte Darian Kit an, der die Hände hob.

»Gib mir nicht die Schuld für die Tatsache, dass deine Schwester eigensinnig ist.«

»Ich bin nicht so zerbrechlich, wie ihr beide denkt«, gab sie zurück.

Vielleicht nicht, aber Kit wollte sie so behandeln, als wäre sie es.

»Da unsere Deckung aufgeflogen ist, sollten wir handeln?«, fragte Darian.

»Du und Penelope sollten nach Hause zurückkehren.«

Darian und seine Schwester antworteten im Chor: »Einen Scheiß werden wir tun.«

Ein Seufzen entwich Kit, als er sich mit den Fingern durch die Haare fuhr. »Das könnte für euch beide gefährlich werden.«

»Wir lassen dich nicht allein!«, erklärte Penny hitzig.

»Du wirst den Ruhm teilen müssen, Füchschen.« Darian zwinkerte.

Kit würde am Ende vielleicht den Verstand verlieren, aber es schien, als säße er mit den beiden fest.

Als sie zu Bett gingen – sie allein im großen Schlafzimmer und Darian im anderen Zimmer –, setzte Kit sich auf die Couch und rief Luna an.

»Solltest du nicht im Bett sein?«, fragte sie ohne ein Hallo.

»Willst du kein Update?«, war seine Erwiderung.

»Ist er es?«

»Nein.«

»Ich höre ein Aber.«

Er blickte zum verdunkelten Fenster. »Da ist irgendetwas nicht ganz richtig. Wir haben die Freundin des Verdächtigen getroffen. Ein Werwolf, nicht aus dem örtlichen Rudel, und doch hat sie darüber gelogen und behauptet, sie gehöre dazu. Sie hat zugegeben, von dem Verschwinden zu wissen, aber sie behauptet, dass sie nicht wüsste, was passiert. Sie hat uns geraten zu verschwinden.«

»Denkst du, sie wird dazu gezwungen, unsere Art zu verraten?«

»Ich weiß nicht, was sie vorhat, aber ich denke, ein Treffen mit ihrem Freund steht an.«

»Denkst du immer noch darüber nach, Poppy als Köder reinzuschicken?«

»Nein.« Das hätte er niemals überhaupt vorschlagen sollen. »Da dieser Kline nicht Gerard ist, werde ich selbst mit dem Mann sprechen.«

»Ich dachte, er sei gut bewacht.«

»Zu Hause. Ich habe etwas Öffentlicheres geplant.«

»Sei vorsichtig, Kit. Dieses ungute Gefühl wird schlimmer.«

»Vielleicht solltest du zu einem Arzt gehen. Du wirst nicht jünger.«

Sie prustete. »Ich kann dir immer noch den Hintern versohlen. Also stell mich nicht auf die Probe.«

Als würde sie ihm jemals wehtun. Sie hatte ihm das Kämpfen beigebracht, aber sie hatte ihre Kraft oder Fähigkeit nie genutzt, um ihm wehzutun. Bestrafung kam durch ihre Enttäuschung, nie durch ihre Fäuste.

Mit ihren Worten: *Du solltest nur Gewalt anwenden, um dich selbst oder andere zu beschützen, niemals als Züchtigung.* Was entgegen der meisten Rudeltendenzen ging, wo Macht den Verstand übertrumpfte.

Aber auf der anderen Seite war Luna immer anders als alle anderen, und das nicht nur wegen ihrer Augen.

Er beendete das Telefonat mit ihr und versuchte, es sich auf der Couch bequem zu machen. Sie hatte keinen Platz, um sich auszustrecken, also ließ er sich auf den Boden fallen und seufzte.

»Kannst du auch nicht schlafen?« Pennys leise Frage erschreckte ihn.

Wie hatte er sie nicht kommen hören? Er gab die Schuld der Tatsache, dass er nicht mehr er selbst war, seit er sie getroffen hatte.

Er setzte sich auf. »Was ist los?«

»Würdest du glauben, dass ich ein schlechtes Gewissen habe, das große Bett für mich allein zu beanspruchen, während du eine beschissene Couch bekommst?«

Seine Lippen zuckten. »Ich habe schon auf Schlimmerem geschlafen.«

Sie setzte sich neben ihn. »Das Bett ist groß genug für zwei.«

Das Angebot war verlockend. Die Vernunft siegte. »Ich kann nicht.«

»Warum nicht?«

Er platzte mit der Wahrheit heraus. »Ich weiß nicht, ob ich mich davon abhalten könnte, dich zu berühren.«

»Gut, denn ich will, dass du mich berührst.«

Das Geständnis löste beinahe seine Entschlossenheit. Sein Schwanz war bereit, aber er versuchte, eine Ausrede zu finden. »Dein Bruder wäre wütend.«

»Es geht ihn nichts an, wen ich in mein Bett einlade.« Sie lehnte sich näher. »Und täusche dich nicht, ich lade dich ein. Ich will dich, Kit. Dass du mich berührst. Mich küsst. In mir bist.«

Er schloss die Augen. »Hör auf.«

»Warum sollte ich? Ich weiß, dass du mich auch willst.«

»Das tue ich.« Er gab seine Schwäche zu.

Sie nahm seine Hand. »Du protestierst viel zu viel.«

»Ich –«

»Du bist weniger kaputt als ich. Also denk gar nicht daran, das als Ausrede zu benutzen.«

Er wollte damit wirklich sagen, dass er nicht würdig war, aber er hatte das Gefühl, dass sie den Protest einfach ignorieren würde. Als sie ihn auf die Füße zog, konnte er nicht mehr widerstehen. Er stand nicht nur auf, er nahm sie in die Arme, in dem Wissen, dass dieser Moment alles verändern würde.

Und es war ihm egal.

Er trug sie in das große Schlafzimmer, schloss die Tür und drehte das Schloss in der Erwartung, dass es einen entschlossenen Stiefel nicht aufhalten würde.

Er legte sie auf das Bett und war sich bewusst, dass sie zusah, während er sein Hemd auszog. Sie trug ein langes Hemd. Seines, um genau zu sein. Sehnte sie sich genauso sehr nach seinem Duft wie er nach ihrem?

Es würde Sinn ergeben. Sie hatte ihn als ihren Gefährten bezeichnet.

Und sie war sein.

Verdammt. Nach heute Nacht ließe es sich nicht leugnen, es gäbe kein Zurück mehr.

»Bist du sicher?«

Sie griff nach ihm. »Halt die Klappe und küss mich.«

Er konnte nicht Nein sagen. Sie schloss die Augen, als er seine Lippen auf ihre presste. Es ließ sich nicht leugnen, dass etwas Elektrisches zwischen ihnen existierte. Er musste sie nur sehen, an sie denken, sie riechen, und das Verlangen entfachte in ihm.

Sein Kuss wurde fordernd, die Bewegungen seines

Mundes auf ihrem schmeichelnd, liebkosend, und sie öffnete ihre Lippen für das Gleiten seiner Zunge. Er spürte, wie sie erschauderte, als er sich auf sie legte.

Er übersäte sie mit sinnlichen Küssen und verließ ihren Mund, um der Linie ihres Kiefers zu folgen. Als er ihr Ohrläppchen fand und daran saugte, gab sie einen leisen Schrei von sich und wölbte den Rücken.

Er beruhigte sie. »Pst. Wir können es nicht gebrauchen, dass uns jemand unterbricht.«

Sie nahm seine Hand und benutzte seine Finger als Kauspielzeug, knabberte daran und biss dann hinein, als er mit den Lippen einen Weg ihren Hals hinunter brannte und in ihre Haut zwickte. Ihr Puls pochte so hart wie der seine. Ihre Haut wurde heiß, aber nicht heißer als seine.

Sie presste ihren Unterkörper gegen ihn auf der Suche nach dem Druck, den nur er ihr geben konnte. Er rieb sich an ihr, drehte und stieß trotz ihrer Kleidung. Sie wand sich unter ihm, bewegte sich im Rhythmus seiner Bewegungen und machte ihn verrückt.

Er beanspruchte einen weiteren Kuss, denn ihr Geschmack war berauschend. Indem er sich auf eine Seite lehnte, auf einen Ellbogen gestützt, konnte er über ihre Haut fahren und seine Finger unter den Stoff des Hemdes und ihres BHs gleiten lassen, wo er ihre nackte Brust fand, deren Spitze bereits hart geworden war. Er strich mit dem Daumen darüber, woraufhin sie ein Stöhnen zurückhielt und erstickte.

Sie wölbte sich vom Bett weg, als er sich beugte, um ihren Nippel in den Mund zu nehmen, der noch immer vom Stoff bedeckt war. Er zog an der Brustwarze, saugte sie durch den BH und knurrte gegen ihre Haut, als sie erschauderte und sich auf dem Bett wand.

Er wollte mehr. Er zog ihr sein Hemd aus und warf es zur Seite. Auch den BH. Dann attackierte er ihre Brüste mit seinem Mund und den Händen, neckte und saugte, zwickte und fummelte. Sie vergrub ihre Finger in seinem Haar und hielt ihn fest, während er es genoss, sie zu reizen, und Freude an jedem Keuchen und Schaudern fand.

Es war nicht genug. Er musste sie kosten. Den Honig genießen, den er riechen konnte. Er reizte. Mit den Lippen brannte er einen Weg ihren Oberkörper hinab zu dem dünnen Stofffetzen ihres Slips. Er hakte seine Finger ein und zog ihn ihr aus, was sie für seine Berührung und seinen Blick offenbarte.

Als er mit dem Gesicht nahe an ihrem Schritt war, wurde er von ihrem köstlichen Duft umgeben. Er konnte nicht widerstehen und vergrub sein Gesicht zwischen ihren Beinen.

»Oh.« Die Aussage war leise, als er heiße Luft gegen sie blies. Er positionierte sie so, dass ihre Beine über seine Schultern gelegt waren, was sie für ihn entblößte und ihm erlaubte, ihren süßen Honig zu genießen. Mit dem ersten Lecken war er im Paradies. Er summte, während er weiter leckte und kostete. Sein zufriedenes Knurren war eine neckende Vibration an ihrer feuchten Haut.

Er nahm sich seine Zeit damit, sie zu lecken und zu reizen, während er mit den Lippen an ihrer Klitoris zog und damit spielte, bis sie sich anspannte, als ihr Orgasmus bevorstand.

Er half ihr, indem er mit zwei Fingern in sie stieß und dann immer wieder mit der Zunge über ihre Klitoris schnellte. Lecken. Fingerfick. Saugen. Stoßen. Sie spannte sich an und ihr Keuchen entwich ihr gemischt mit begierigem Wimmern.

Er verstand diese Begierde. Er pulsierte, wollte nichts mehr, als sich in ihr zu vergraben. Aber bei diesem ersten Mal wollte er, dass sie zuerst kam. Und das tat sie.

Auf wunderbare Weise, wobei sie ihr Stöhnen mit einer Faust vor ihrem Mund unterdrückte und ihr Körper sich wölbte, erschauderte. Sie zog sich um seine Finger herum zusammen, während sie sich vor Lust wand.

Erst als ihre Wonne nachgelassen hatte, zog sie an ihm.

»Küss mich!«, verlangte sie. Sie schien sich nicht darum zu scheren, dass ihre Erregung noch immer auf seinen Lippen war.

Sie klammerte sich an ihn, die Beine locker um seine Taille geschlungen, während sie zwischen sie griff, um sich mit seiner Hose zu beschäftigen. »Du bist dran.«

Er musste einfach fragen: »Bist du sicher?«, obwohl er wusste, dass sie bereits zu weit gegangen waren.

»Halt die Klappe und fick mich.«

Die vulgären Worte von ihren Lippen ließen ihn stöhnen und brachten ihn dazu, ihr dabei zu helfen, ihn zu entkleiden. Mit seiner Spitze fand er den Eingang zu ihrer Muschi und stieß in sie hinein.

»Ja!«, zischte sie und grub ihre Fingernägel in seine Schultern. »Ja.« Sie wiederholte es immer wieder, während er in sie eindrang, tief und hart. Mit den Händen auf ihrem Hintern neigte er sie, sodass er in diesem wunderbaren Winkel auf sie traf, der sie dazu veranlasste, sich zusammenzuziehen.

Er hatte ihren G-Punkt gefunden und stieß immer wieder dagegen. Bald bewegte sie sich zusammen mit ihm, ihr Körper spannte sich an, als sie sich dem zweiten Höhepunkt näherte. Gut, dass sie kurz davor war, denn er war kurz davor, den Verstand zu verlieren. Der Sog ihres Inneren an seinem Schwanz machte ihn bereit zur Explosion.

Er vergrub sein Gesicht in der weichen Krümmung ihres Halses und saugte an der Haut, während er schneller in sie stieß, hinein und hinaus glitt, sie keuchen und schreien hörte. Ihre Fingernägel gruben sich in ihn, als sie den Rücken wölbte.

Er hoffte, dass sie ihn markierte. Er wollte, dass sie ihn beanspruchte.

Als sie kam, folgte er ihr. Sein letzter Stoß platzierte ihn tief in ihr, während sie um ihn herum erschauderte und ihn auf eine Art befriedigte, die er sich nie hätte vorstellen können.

Die sie in einer Verbindung vereinte, die ihr Leben lang anhalten würde.

Sie waren gepaart. Er brauchte nicht die Änderung ihres Dufts, um es zu spüren.

Es zu wissen.

Sie ist mein.

Und er würde jeden töten, der jemals versuchte, sie ihm wegzunehmen.

KAPITEL ACHTZEHN

Er ist mein.

Der Gedanke hallte in Poppys Kopf, ihrem Körper, selbst ihrer Seele nach. Die Sicherheit brachte sie zum Lächeln und machte sie selbstgefällig, als sie das Bett verließ, in dem Kit schlief und ausnahmsweise einmal friedlich aussah.

Sie hüpfte praktisch die Treppe hinunter, wobei sie ein albern breites Lächeln trug, das ihr Bruder in dem Moment bemerkte, als er später die Küche betrat.

»Igitt. Widerlich. Bah.« Er würgte.

»Was ist los?«, fragte sie fröhlich, als sie sich vom Herd abwandte, wo sie Speck briet.

»Ich kann nicht glauben, dass du mit diesem Rotschopf geschlafen hast. Hast du vergessen, dass er Vollstrecker ist?«

Sie wedelte mit dem Pfannenwender in seine

Richtung. »Wage es nicht, so über meinen Gefährten zu sprechen.«

»Nicht dein Gefährte. Sag mir, dass er es nicht ist«, stöhnte Darian.

»Er ist es, und du wirst nett sein, sonst ...«

»Kommt darauf an. Sonst was?« Eine verschmitzte Frage.

»Keine Cupcakes mit Buttercreme mehr für dich.«

Entsetzt über diesen Gedanken fiel ihm die Kinnlade herunter. »Also das ist einfach nur gemein. Siehst du, wie es dich bereits verändert hat, mit ihm verpaart zu sein? Du warst mal eine nette Schwester«, grummelte er.

»Immer noch nett, aber ich werde nicht zulassen, dass jemand schlecht über meinen Gefährten spricht.« Sie liebte es, es laut zu sagen, und Kit hörte ihre Worte, als er die Küche betrat.

Einen Moment lang erstarrte er mit steifer Miene.

Zu früh? Zu schade. Ihr Lächeln war einladend, als sie sagte: »Es ist ein wunderschöner Tag.« In ihrem Kopf. Der bedeckte Himmel draußen deutete vielleicht auf etwas anderes hin.

»Ha«, prustete Darian.

Kit sah ihren Bruder ausdruckslos an, während der Ausdruck in Darians Gesicht ihn herausforderte, etwas bezüglich seiner Respektlosigkeit zu unternehmen.

Die Mundwinkel ihres Gefährten zuckten. »Es ist ein verdammt wunderschöner Tag.« Dann ging er bewusst zu Poppy hinüber und küsste sie auf die

Lippen, wobei er flüsterte: »Guten Morgen, meine Schöne.«

Das *Meine Schöne* war eine nette Note, aber dieser Kuss? Zu wenig. Sie schlang die Arme um seinen Hals und gab ihm einen richtigen Kuss, der Darian diesmal wirklich zum Würgen brachte. Als sie den Kuss beendete, schnauften sie beide ein wenig und seine Augen enthielten diesen Schimmer, der nur in ihrer Nähe existierte.

»Dein Morgen wird gleich noch besser. Setz dich, damit ich deinen Bauch füllen kann«, befahl sie mit einem Fingerzeig. Sobald Kit sich auf seinem Stuhl zurücklehnte, versorgte sie die beiden wichtigsten Männer in ihrem Leben, was manche Feministinnen vielleicht verschreien würden. Sollten sie doch. Poppy hatte wahre Freude daran, für andere zu kochen, ihre zufriedenen Geräusche beim Essen zu hören und zu sehen, wie sie ihre Teller leerten.

Sie kochte, musste aber selten danach sauber machen. Darian und Kit bestanden darauf, dass sie duschen ging, während sie sich darum kümmerten. Glücklicherweise brauchten sie nicht lange, und bald bekam sie Gesellschaft.

Kit betrat das dunstige Badezimmer und fragte fast schon schüchtern: »Brauchst du jemanden, der dir den Rücken wäscht?«

»Mir wäre es lieber, wenn du mich schmutzig machst«, war ihre Antwort. Scheinbar war ihm das auch lieber. Sie brauchten das ganze heiße Wasser auf, was sie nicht im Geringsten bedauerte.

Während sie sich anzogen, fragte sie: »Also, wie sieht der Plan für heute aus?« Mit allem, was am vorherigen Tag passiert war, erwartete sie, dass die Dinge schnell vorangehen würden.

»Ich werde ein persönliches Treffen mit Kline erzwingen.« Er zog eine Krawatte an.

»Wie willst du das anstellen? Sein Haus ist bewacht. Er wird dich wahrscheinlich nicht einfach reinlassen.«

»Ich gehe nicht zu seinem Haus. Ich werde beobachten und abwarten, um zu sehen, wo er heute hingeht. Wenn ich Glück habe, geht er an einen öffentlichen Ort, wie ein Restaurant.«

»Dein Plan besteht darin, ihm zu folgen, in der Hoffnung, dass er irgendwo hingeht, wo du ihn konfrontieren kannst?« Ihre Ungläubigkeit war deutlich. Er mochte vielleicht ihr Gefährte sein, aber sie sah Fehler in seinem Plan.

»Du denkst nicht, dass das funktionieren wird?«

»Selbst wenn du es schaffst, ihm ein paar Fragen zu stellen, wird er wohl kaum zugeben, dass er Teil einer schändlichen Verschwörung ist, Werwölfe einzufangen.«

»Ich kann überzeugend sein«, erklärte Kit.

»Bitte, wir wissen beide, dass du nicht der schmeichelnde, bezirzende Typ bist.«

Er zog eine Augenbraue hoch. »Da hast du vielleicht nicht unrecht. Ich sollte die netten Worte überspringen und direkt zu den Drohungen übergehen.«

»Wenn du ihn schlagen willst, dann nicht in der Öffentlichkeit«, mahnte sie, auch wenn sie ihn nicht von den Methoden abhielt, die er würde nutzen müssen. Jemand anderes wäre aufgrund der Gewalt vielleicht empfindlich gewesen, aber sie wusste, dass Kline eine ernste Gefahr für ihre Art darstellte. Es durfte keine Nachsicht geben.

Das Werwolf-Geheimnis war wichtiger als ein paar blaue Flecke, gebrochene Knochen oder lockere Zähne. Selbst der Tod eines Menschen verblasste im Vergleich zu dem wahrscheinlichen Genozid, wenn die Menschheit ihre Existenz entdeckte. Als sie in der Vergangenheit entdeckt worden waren, hatte es immer darin resultiert, dass die Menschheit versuchte, alle Werwölfe zu eliminieren. Sie hatten hart gearbeitet, um die Werwölfe in geschichtlichen Texten herunterzuspielen, um die Verfolgung der Hexen hervorzuheben. Wenn man heute jemanden fragte, was mit größerer Wahrscheinlichkeit existierte, Hexe oder Werwolf, standen die Chancen gut, dass derjenige Ersteres behauptete.

Damit läge er falsch. Zumindest hatte man ihr das glauben gemacht. Manchmal fragte Poppy sich, ob sich Hexen, wie Werwölfe auch, einfach dazu entschieden, nicht außerhalb ihrer eigenen Art zu existieren. Hatten sie ihre eigene Art von Eid, um sich vor Außenstehenden zu schützen?

»Schlagen ist für Amateure«, sagte Kit. »Druck am richtigen Ort anzuwenden ist viel effektiver.«

Sie erschauderte, obwohl ihr seine Worte keine Angst machten. Sie hätte sich irgendwie abgestoßen fühlen sollen, aber die Kraft in ihm, die Art, wie er das Kommando übernahm, erregte sie.

»Was, wenn er nur ein Werkzeug ist?«

»Selbst wenn er das kleinste Rädchen bei dem Verschwinden ist, weiß er zu viel. Aber ich werde ihn nicht eliminieren, bis er uns alles gegeben hat, was er kann.«

»Sei vorsichtig.« Sie trat in seine Arme und legte den Kopf an seine Brust.

Er schlang seine Arme um sie. »Keine Sorge, Penny. Ich tue das schon seit einer Weile. Ich weiß, wie ich sicher bleibe. Ich mache mir mehr Sorgen um dich. Versprich mir, dass du im Haus bleiben wirst, während ich weg bin.«

Sie lehnte sich weit genug zurück, um seine Augen sehen zu können. Voller Sorge. Sie wollte die Spannung zwischen seinen Augenbrauen lindern. Nur ... sie konnte nicht in die Falle tappen, die sie mit ihrem Bruder und dem Rudel hatte. Es war an der Zeit, stark zu sein. »Tut mir leid, das kann ich nicht versprechen.«

Seine Augen wurden groß. »Was soll das heißen?«

»Ich bin kein Kind, das verhätschelt werden muss. Genauso wenig werde ich eine Gefangene meiner eigenen Angst oder der deinen sein.«

»Ich sperre dich nicht ein. Ich bitte dich nur darum, drinnen zu bleiben, während ich weg bin.«

Sie umfasste seine Wangen. »Ich komme schon klar.«

»Die Gefahr –«

»Ist für dich genauso groß wie für mich. Sollte ich dir vorschreiben, hierzubleiben und den Kopf in den Sand zu stecken?«

Er presste die Lippen fest aufeinander.

Sie machte weiter. »Und wer sagt, dass ich in diesem Haus sicher bin? Kline weiß, dass wir hier sind. Wenn er nicht der Typ ist, der selbst die schmutzige Arbeit erledigt, dann können wir nicht vorhersagen, wer auftauchen wird oder wann.«

»Ich sollte bei dir bleiben.«

»Du vernachlässigst nicht deinen Job, nur weil wir verpaart sind und du überfürsorglich bist.«

»Ich kann nicht anders.« Er trat von ihr zurück, die Hände an den Seiten zu Fäusten geballt. »Es ist völlig unvernünftig. Nach all der Kritik, mit der ich dich überhäuft habe, dass du dich hinter anderen versteckt hast, versuche ich hier, dasselbe zu tun.«

»Weil du dich sorgst. Das ist nichts Schlechtes.«

Er war der Wand zugewandt. Steif. »Zum ersten Mal bin ich mir nicht sicher, was ich tun soll.«

Zwei Schritte und Poppy konnte eine Hand auf seinen breiten Rücken legen. »Du wirst deinen Job machen. Du wirst Kline folgen und dich mit ihm unterhalten. Aber um dich zu beruhigen, ich verspreche dir, dieses Haus nicht ohne Darian zu verlassen.« Zu viel Stolz und Sturheit förderten Dummheit. Sie sollte Kits berechtigte Ängste nicht abtun. Werwölfe verschwanden an diesem Ort.

»Ich schätze, das ist in Ordnung«, war seine widerwillige Antwort. »Aber nur, weil ich weiß, dass dein Bruder sterben würde, bevor er zulässt, dass jemand dir auch nur ein Haar krümmt.«

»Alles wird gut sein.« Sie hatte leise gesprochen, da sie ihn küsste. Wenn sie jetzt nur noch ihre eigene Lüge glauben würde.

Ein Knoten des Unbehagens saß in ihrem Bauch, als Kit ging, dazu entschlossen, Kline zu konfrontieren.

Darian stand an ihrer Seite, während sie ihm dabei zusahen, wie er in dem schwerfälligen Pick-up losfuhr. Nicht gerade unauffällig.

Ein Schauder ließ sie zittern, woraufhin sie die Arme um sich schlang. »Ich habe ein schlechtes Gefühl.« Vielleicht hätte sie darauf bestehen sollen, mit ihm zu kommen.

»Der Mistkerl ist gerissen. Er wird klarkommen«, antwortete ihr Bruder, als er einen Arm um sie legte.

Sie beschäftigte sich mit Backen, während sie auf Kits Nachrichten wartete. Er hielt sie auf dem Laufenden.

Die Straße runter. Keine Bewegungen.

Der Teig, den sie rührte, enthielt angesichts der alles andere als idealen Auswahl an Zutaten im Haus einige Abänderungen.

Als sie die Muffins in den Ofen schob, brachte sie das nächste Klingeln zum Stolpern, um zu ihrem Handy zu gelangen.

Limousine ist gerade losgefahren. Ich folge.

Sie ging aus der Küche hinaus, den Timer auf ihrem Handy eingestellt, und entdeckte ihren Bruder, der in Kits Laptop vertieft war.

»Wonach suchst du?«

»Informationen. Dein Gefährte hat ein paar Dateien über die Situation, die interessanten Lesestoff bieten.«

»Was hast du gefunden?«, fragte sie und täuschte Interesse vor, während sie aus dem Fenster spähte, als würde sie Kit die Straße entlangfahren sehen.

»Das ist nicht das erste Rudel, das verschwindet. Er hat Informationen, von denen manche ganze Jahrzehnte zurückgehen.«

»Jahrzehnte?« Sie blinzelte. »Und das Lykosium bemerkt es erst jetzt?«

»Man kann es den Ratsmitgliedern nicht verübeln. Nicht eines dieser Rudel hat jemals irgendetwas gemeldet. Sie sind einfach im Sande verlaufen.«

»Genau wie unseres«, murmelte sie. »Stecken dieselben Leute dahinter?«

»Das steht da nicht. Aber ich weiß, dass Kline nicht wirklich alt genug ist, um für die Auslöschung unseres Rudels verantwortlich zu sein. Er wäre damals ungefähr zehn gewesen.«

»Gerard wäre alt genug gewesen«, sagte sie mit steifen Lippen.

Darian nahm ihre kalten Hände und drückte sie. »Wenn er am Leben ist, werden wir ihn finden. Wir werden ihn nicht damit davonkommen lassen.«

Sie genoss seinen Trost und sein Versprechen einen Moment lang, bevor sie rief: »Wir sollten etwas tun.«

»Das tun wir. Wir studieren den Fall.« Er deutete auf den Laptop.

»Das sind wir bereits durchgegangen. Wir brauchen neue Informationen. Neue Hinweise.« Während sie auf und ab ging, traf es sie. »Kline hat das Haus verlassen, aber Rosemary ist vielleicht immer noch dort.«

»Und?«

»Wenn sie richtig bedrängt wird, hat sie vielleicht mehr über die Aktivitäten ihres Freundes zu sagen.«

»Ich dachte, wir hätten entschieden, dass sie lügt.«

»Das haben wir. Aber warum lügt sie? Wir müssen es herausfinden.« Sobald die Idee sich festsetzte, wurde sie kräftiger.

»Wie herausfinden? Sie hat keine Telefonnummer hinterlassen.«

»Wir werden ihr einen Besuch abstatten. Ich frage mich, ob sie Muffins mag.«

»Auf keinen Fall. Das ist viel zu gefährlich. Außerdem habe ich deinem Rotschopf gesagt, dass ich dich hier drin halten würde, wo es sicher ist.«

Sie funkelte Darian an. »Ich möchte sehen, wie du das anstellen willst.«

»Also, Poppy Seed, sei nicht anstrengend.«

Sie wäre vielleicht auf ihn losgegangen, wenn ihr Handy nicht mit einer SMS vibriert hätte.

In einem Golfklub. Kline scheint zum Mittagessen anzuhalten.

Außerdem markierte er ihr den Standort. Sie schickte ein Herz-Emoji zurück.

Dann einen Pfirsich. Dann eine Aubergine.

»Ich nehme an, dem Rotschopf geht es gut?«

»Perfekt. Also, kommst du mit mir oder nicht?« Sie schaltete ihren Timer aus, als sie fragte. Während die Muffins auf einem Gitter abkühlten, zog sie sich um und kämmte sich die Haare. Darian seufzte recht viel – offensichtlich hatte er von Kit gelernt –, während sie die Muffins in eine Dose packte.

Gemeinsam gingen sie den Bürgersteig hinunter in Richtung von Klines Grundstück. Nach wenigen Minuten standen sie vor dem Tor. Sie drückte einen roten Knopf.

Der Videomonitor blieb dunkel, aber eine Stimme brüllte: »Was wollt ihr?«

Poppy hielt die Leckereien hoch. »Wir kommen nur vorbei, um Rosemary mit ein paar frisch gebackenen Muffins Hallo zu sagen.«

»Wer seid ihr?«

»Ich bin Poppy Smith, und das ist mein Bruder Darian. Wir sind Freunde von ihr. Könnten Sie ihr sagen, dass wir hier sind? Ich bin sicher, dass sie uns begrüßen möchte.« Poppy schenkte der Kamera ihr harmlosestes Lächeln und hatte merkwürdigerweise nicht die geringste Angst. Wie könnte sie das auch, am helllichten Tag mit ihrem Bruder an ihrer Seite, während Kit sich mit dem mutmaßlichen Bösewicht anlegte?

Der Monitor sprach nicht mehr, aber das Tor surrte und klickte, als sich der Riegel löste. Das Tor rollte zur Seite und gewährte ihnen Einlass auf das Grundstück.

Als sie hineinging, sah sie keine Spur von dem Wachmann mit der Waffe, aber Poppys Nacken kribbelte. Sie spürte, dass sie beobachtet wurden. Außerdem konnte sie mehrere verschiedene Personen riechen. Mehr als ihr lieb war. Sie hätte Kit fragen sollen, wie viele Leute mit Kline weggefahren waren.

Oder war der Mann selbst gefahren?

Darian murmelte: »Das war vielleicht eine schlechte Idee.«

Poppy stimmte ihm zwar zu, sagte es aber nicht laut. »Es wird schon gut gehen.«

»Das sollte es auch besser, sonst wird dein Freund mein Gesicht umgestalten.«

»Sei bereit, deinen Charme spielen zu lassen«, murmelte sie, als die Tür zum Haus aufschwang und Rosemary zu sehen war.

Sie trug Yoga-Capris und ein Trägerhemd, das ihren BH-freien Zustand zur Schau stellte, wobei ihre

Brustwarzen unverfroren gegen den Stoff drückten. Ihr goldenes Haar war heute nicht in lockeren Wellen, sondern in einem hohen Pferdeschwanz zurückgebunden. Ihr Make-up wirkte tadellos. Außerdem war sie barfuß, roch nach Zigaretten und …

Darian war derjenige, der zischte: »Sie riecht nicht wie ein Wolf.«

Tatsächlich war ihr Geruch heute eine Mischung aus Fliederduft und Mensch. Wie war das überhaupt möglich?

Als sie sich der Tür näherten, täuschte Poppy ein strahlendes Lächeln vor und hielt die Muffins hoch. »Ich habe eine frisch gebackene Leckerei mitgebracht.«

»Wie süß. Wollt ihr nicht reinkommen?« Rosemarys höfliche Antwort ließ ihr keine Haare zu Berge stehen, und doch zog sich ihr Bauch vor Spannung zusammen.

Das Betreten des Hauses erwies sich als verwirrend, denn dieses Mal gab es überhaupt keine Werwolfgerüche. Nur Menschen. Selbst in der Küche, in die Rosemary sie führte, mit ihrer riesigen, glänzenden Kochinsel und den Hockern, gab es keine Werwolfgerüche. Wie war das möglich? In der Nacht zuvor hatte sie zwei Werwölfe wahrgenommen.

»Was zum Teufel ist hier los?« Darian machte sich nicht die Mühe, seine Neugierde unter einer höflichen Fassade zu verbergen.

»Was meinst du?«, fragte Rosemary, wobei ihre Unschuld durch ein Grinsen zunichtegemacht wurde.

Poppy schürzte die Lippen, als sie die Muffins auf den Tresen stellte. »Hör auf mit dem Theater. Wir wissen, dass du eine Lügnerin bist, ganz zu schweigen ein Mensch. Du hast deinen Werwolfgeruch gefälscht.«

»Das ist unmöglich –«, begann Darian, wurde aber von Rosemarys Lachen unterbrochen.

»Ihr Tiere und euer Schnüffelding. Ich habe Teddy nicht geglaubt, als er sagte, dass es so einfach ist, aber siehe da, ein bisschen Wolfsparfüm, und schwups, ihr Idioten heißt mich in eurem Hundeklub willkommen.«

Die Andeutung verblüffte Poppy. »Du hast das örtliche Rudel infiltriert.«

»Es war so einfach. Du erzählst ihnen eine rührselige Geschichte darüber, dass du ein Einzelgänger bist, der von anderen Einzelgängern ausgenutzt wird, und schon reißen sie sich praktisch ein Bein aus, um dich aufzunehmen.«

Poppys Augen weiteten sich. »Du hast die Vermissten angelockt, indem du sie glauben ließest, du wärst einer von ihnen.«

Es war Darian, der die Lücke entdeckte. »Woher weißt du, wer Werwolf ist und wer nicht?«

»Weil ihr einen Maulwurf habt, der uns im Tausch gegen Bitcoins gern einen Anhaltspunkt gegeben hat. Es hat sich herausgestellt, dass eure Art genauso gierig ist wie die Menschen.«

»Wer?« Wer würde so etwas tun? Poppy konnte es nicht fassen.

»Als würde ich das verraten.«

»Du weißt es wohl eher nicht«, erklärte Darian. »Du bist nur die angeheuerte Hilfe.«

Diese Aussage überraschte Poppy, bis Rosemary fauchte: »Ich bin seine Partnerin. Wir haben die Extraktionen gemeinsam durchgeführt.«

Mit dieser Bestätigung explodierte Poppys Wut. »Was hast du mit ihnen gemacht?«

»Ich? Nichts. Meine Aufgabe ist es, sie dazu zu bringen, ihre Wachsamkeit zu verringern, um gefangen genommen zu werden. Was danach passiert, geht mich nichts an.«

Darian bäumte sich auf und ballte an seinen Seiten die Hände zu Fäusten. »Lüg nicht. Du weißt, warum dein Freund sie haben will.«

»Ihr seid diejenigen, die sich irren. Teddy hat kein Interesse an euren pelzigen Freunden. Ihm geht es nur um das Geld. Er ist das, was man einen Beschaffungsspezialisten für diejenigen nennen könnte, die ein einzigartiges Erlebnis suchen.«

Poppy wollte gar nicht wissen, was das bedeutete. Ihr drehte sich der Magen um.

»Damit werdet ihr nicht durchkommen. Das Lykosium ist euch auf der Spur«, warnte Darian.

Das brachte ein Lachen auf Rosemarys Lippen. »Wir sind eher eurem kostbaren Rat auf der Spur. Was glaubt ihr, woher das Leck kam? So wussten wir, dass ihr in der Stadt seid. Ich gebe zu, ich dachte, ihr wärt schwieriger zu fassen, aber jetzt seid ihr hier und liefert euch mir einfach aus.«

»Sag mir wer!« Darian stürzte sich auf sie, aber nicht schnell genug für die athletische Rosemary, die lachend aus dem Weg sprang.

»Mach dir keine Mühe, Wolfsmann. Ich habe vier bewaffnete Wachen, die darauf warten, dich in Gewahrsam zu nehmen.«

»Damit wirst du nicht durchkommen«, erklärte Poppy. »Kit weiß, dass wir hier sind.«

»Der Rotschopf? Der große Boss war ganz aufgeregt, als er ein Bild von ihm sah. Teddy hat versprochen, ihn zu fangen, und war begeistert, als er ihn vorhin herumschleichen sah. Während wir uns unterhalten, hat Teddy deinen Freund wahrscheinlich schon gefangen genommen.«

Eis floss in ihren Adern, als Poppy flüsterte: »Nein.«

»Ich nehme an, Teddy wird mir jeden Moment eine SMS schicken, um mir mitzuteilen, dass er gefangen und verlegt wurde.«

»Verlegt wohin? Wo bringt er Kit hin?« Poppy wollte sich auf die Frau stürzen, um Antworten zu erhalten, doch sie erstarrte, als Rosemary eine Waffe hinter dem Tresen hervorzog.

»Beweg dich nicht. Oder beweg dich und stirb. Du hast die Wahl.«

»Du willst uns beide erschießen?«

»Einen auf jeden Fall, das wird die Wachen auf den Plan rufen. Die Frage ist, wen soll ich erschießen? Und nur damit du es weißt, ich weiß aus Erfahrung, dass Blut sich auf diesem Boden sehr gut aufwischen lässt.«

»Du solltest besser gut zielen, denn wenn du mich nicht tötest, stirbst du zwei Sekunden später«, drohte Poppy.

»Das meint sie nicht so.« Darian hob die Hände. »Nicht schießen.«

Seine Fügung veranlasste Poppy dazu, ihn anzufunkeln. »Was tust du da?«

»Ich schütze dich davor, erschossen zu werden.«

»Sie wird noch Schlimmeres tun, wenn sie uns erwischt!« Ihr Blut wurde heiß und kalt bei dem Gedanken.

»Vertrau mir.«

Poppy hätte vielleicht widersprechen können, aber sie vertraute ihrem Bruder bedingungslos. Er musste einen Plan haben.

Rosemary wirkte triumphierend, als sie laut zu ihrem Hausüberwachungssystem sagte: »Alfred, schick den Sicherheitsdienst in die Küche.«

Eine künstliche Intelligenz antwortete: »Sofort, Ma'am.«

Je mehr Sekunden verstrichen, desto mehr Sorgen machte sich Poppy. Kit brauchte sie, während sie mit dieser Verrückten Zeit verschwendeten. Aber wie sollten sie aus der Sache herauskommen, ohne erschossen zu werden?

Das Stampfen von Füßen ging dem Erscheinen von zwei Männern voraus, die beide keine Uniform trugen.

»Wer seid ihr? Wo sind Derrick und Gavin?«, fragte Rosemary.

Hammer zog eine Augenbraue hoch, als er in den Raum schlenderte. »Meinst du die Blödmänner, die ein Nickerchen im Garten machen? Ich würde sie feuern, weil sie während der Arbeit schlafen.«

Die Waffe deutete nun auf Hammer. »Raus aus meinem Haus!«

»Nicht ohne meine Freunde.« Hammer verschränkte die Arme.

»Noch ein Hund. Mein Glückstag«, höhnte Rosemary, die offensichtlich dümmer war, als sie aussah, denn eine Waffe würde drei Werwölfe nicht aufhalten.

Aber drei Werwölfe konnten sie ablenken, denn Lochlan schlich sich hinter Rosemary und schlang einen Arm um sie, schob ihren Zielarm nach unten und machte so die Waffe unschädlich.

»Hat dir nie jemand gesagt, dass es nicht nett ist, auf Leute zu schießen, die Muffins mitbringen?«, grummelte Lochlan.

»Ich dachte, ich rieche Poppys Kochkünste.« Hammer ignorierte Rosemary und richtete die Aufmerksamkeit auf die frisch gebackenen Waren.

»Wir haben keine Zeit für so etwas«, rief Poppy

aus. »Kit ist in Gefahr.« Sie schickte ihm eine SMS. *Hau ab. Es ist eine Falle.* Aber er antwortete nicht.

Darian übernahm das Kommando. »Lochlan, sichere die Frau und das Haus, während wir den Vollstrecker verfolgen.«

»Damit kommt ihr nicht durch!« Rosemarys Schrei war schrill.

»Ha, wir kommen schon länger mit allem möglichen Scheiß durch, als die Geschichtsbücher sich erinnern können«, erklärte Hammer.

Rosemary kreischte: »Ich werde verdammt noch mal –« Lochlan unterbrach sie, indem er ihr die Hand auf den Mund legte.

»Seid ihr sicher, dass wir sie am Leben lassen müssen?«, beschwerte er sich.

»Ja. Sie weiß von den verschwundenen Werwölfen.« Selbst diese Aussage verursachte einen sauren Geschmack in Poppys Mund.

Während Lochlan Rosemary sicherte, folgte Hammer ihnen mit einem Muffin in jeder Hand aus dem Haus.

Er hatte den Autoschlüssel und bestand darauf, ihre Geschichte zu hören, während er fuhr.

Am Ende der Zusammenfassung stieß Hammer einen Pfiff aus. »Die Menschen haben einen Weg gefunden, Werwolfgeruch zu imitieren. Das ist nicht gut.«

»Das ist nicht wirklich überraschend, denn wir wussten ja schon, dass die Lykosium-Vollstrecker ihren

Geruch tarnen können«, fügte Darian hinzu. Deshalb waren sie so gute Spione.

»Aber warum zum Teufel nimmt dieser Kline Werwölfe gefangen?« Hammer stellte die wichtigste Frage.

»Und noch wichtiger: Wie konnte uns jemand tatsächlich hintergehen? Das Lykosium soll uns beschützen. Wenn wir dem Rat nicht trauen können ...« Darian verstummte, denn sie alle wussten es. Wenn man dem Lykosium nicht trauen konnte, waren sie wirklich am Ende. Poppy fragte sich, ob die anderen Rudel wegen Verrats dezimiert worden waren.

»Wie habt ihr uns gefunden?«, fragte Darian schließlich, als Hammer eine gelbe Ampel überfuhr, die rot wurde, bevor sie die Kreuzung vollständig überquert hatten.

»Ich bin meiner Nase gefolgt.« Hammer tippte an die Seite. »Der Wagen wurde schneller repariert als erwartet. Wir kamen gerade die Straße hoch, als ihr los seid, also dachten wir, wir folgen euch. Um ein Auge auf euch zu haben. Gut, dass wir das getan haben.«

In der Tat eine gute Sache.

Ihr Timing hätte nicht besser sein können.

Leider hatten sie mit Rosemary zu viel Zeit vergeudet, denn sie kamen zu spät im Golfklub an.

Teddy und Kit waren schon weg.

KAPITEL NEUNZEHN

Kit klopfte auf das Lenkrad des Pick-ups, als er Teddy, einen stämmigen Mann, jedoch auf eine Weise, die mehr auf Muskeln als auf Fett hindeutete, beim Betreten des Restaurants des Golfklubs beobachtete.

Irgendetwas nagte an ihm. Und es war nicht nur die Tatsache, dass er seine Gefährtin in der Nähe von Feindesland allein gelassen hatte.

Die ganze Situation stank, und dann traf es ihn. Rosemarys Geruch. Wolf. Daran hatte er keinen Zweifel, aber es fiel ihm auf, dass er sie kein einziges Mal im Garten gerochen hatte. Auch nicht am Schwimmbecken oder auf der Terrasse. Sicherlich verbrachte die Frau einige Zeit im Freien. Er hatte mehrere menschliche Gerüche wahrgenommen, aber keine Wölfe.

Hatte das etwas zu bedeuten? Er ließ die Hand zum Zündschloss wandern und wollte gerade den Wagen starten und zu Poppy zurückkehren, als eine schicke Limousine mit getönten Scheiben auf den Parkplatz fuhr. Anstatt unter der Säulenhalle zu halten, fuhr sie an der Seite vorbei.

Das Fahrzeug hatte vielleicht nichts mit Teddys Erscheinen zu tun. Trotzdem ... Er war gekommen, um einen Job zu erledigen. Er würde sich später dumm vorkommen, wenn er diese Gelegenheit aus irrationaler Panik verspielte.

Vor allem, weil sie ihm sofort zurückgeschrieben hatte. Mit Emojis.

Er steckte das Handy weg und stieg aus dem Pickup. Kit war froh, dass er heute seine Krawatte getragen hatte, und schlenderte in den Klub, wo er an der Tür vom Oberkellner angehalten wurde, der ihn von oben bis unten musterte. »Der Speisesaal ist nur für Mitglieder.«

Kit schob ihm einen Hundertdollarschein zu. »Ich brauche nur eine Minute. Ich muss mit Mr. Kline sprechen.«

Zu seiner Überraschung wollte der Mann das Bestechungsgeld nicht annehmen. »Mein Job ist mehr wert als Kleingeld.«

»Warum fragen Sie nicht Mr. Kline, ob er mit mir sprechen möchte? Sagen Sie ihm, der Rat schickt mich.«

Jeder, der mit Werwölfen zu tun hatte, selbst ein Mensch, der sie stahl, kannte diesen Ausdruck. Und wenn derjenige klug war, fürchtete er ihn.

Der Oberkellner schürzte die Lippen, nahm aber

den Schein und ging in den Speisesaal. Er kam kurz darauf zurück und neigte den Kopf.

»Mr. Kline hat Sie eingeladen, sich zu ihm und seinen Gästen zu gesellen.«

Gäste? Das war nicht gerade ideal. Der Mann würde vor seinen Kumpanen noch zurückhaltender sein.

Als Kit dem hochnäsigen Kellner folgte, schlug ihm ein Geruch entgegen, der ihm einerseits bekannt vorkam und doch wieder nicht. Er kitzelte seine Erinnerungen und für eine Sekunde blitzte er in seine Vergangenheit.

Die Hand griff in den Käfig und zerrte ihn am Genick heraus. Er baumelte vor einem grinsenden Mann, dessen Geruch seinen kleinen Körper in Angst und Schrecken versetzte. Das war der Jäger, der seine Mutter getötet und ihn gefangen genommen hatte.

Kit räusperte sich. »Wo ist der Waschraum?« Bevor er eine Antwort abwarten konnte, wandte er sich ab und ging in Richtung des Ganges, der diskret mit *Damen* und *Herren* beschriftet war. Dieser Klub für die Reichen hatte einzelne Waschräume, sodass er sich in einem davon einschließen und einen Moment durchatmen konnte.

Trotzdem war er verunsichert. Wie konnte das sein? Der Mann, der für den Mord an seiner Familie verantwortlich war, war schon vor Jahrzehnten gestorben. Und doch erkannte er den Geruch. Er würde ihn nie vergessen.

Wenn der Jäger noch lebte, dann hatte jemand gelogen.

Er spritzte sich Wasser ins Gesicht, bevor er Luna anrief und brüllte: »Was zum Teufel? Er ist nicht tot.«

»Wer ist nicht tot?«, war ihre Antwort.

»Der Jäger. Der, der mich in einem Käfig gehalten hat.«

Es herrschte Totenstille am anderen Ende, bevor sie flüsterte: »Bist du sicher, dass er es ist?«

»Ziemlich sicher, verdammt. Kannst du mir erklären, wie das möglich ist?«

»Das sollte es nicht sein. Jeder, der an diesem Tag bei der Jagd dabei war, wurde ausgelöscht.«

»Ich höre ein Aber.«

»In meinem Nachbericht steht, dass ein Wagen das Gelände verlassen hat, als die Jagd begann.«

Er durchforstete seine Erinnerungen und versuchte, sich daran zu erinnern, ob zu denen, die ihn gejagt hatten, auch derjenige gehört hatte, der ihn eingesperrt hatte. Er war so jung gewesen. Und so verängstigt. »Willst du damit sagen, dass der Mistkerl, der meine Mutter und meine Geschwister getötet hat, nach all dieser Zeit noch am Leben sein könnte?«

»Wir haben angenommen, dass derjenige, der entkommen ist, die Nachricht verstanden hat, wenn man bedenkt, was mit den anderen Jägern passiert ist.«

»Ihr habt falsch gedacht«, knurrte er. »Er ist hier. Jetzt. Und er steckt wahrscheinlich mit dem verdammten Kline unter einer Decke.«

»Raus da«, rief Luna. »Nimm die Wölfe des Feral Packs, die du mitgebracht hast, und verschwinde. Sofort. Das ist ein Befehl.«

»Du weißt, dass ich das nicht tun kann.«

»Diese Situation ist komplizierter, als wir erwartet haben.«

»Diese Situation muss gelöst werden.«

»Dann warte auf Verstärkung.«

»Das bedeutet, dass die, die bereits gefangen genommen wurden, sterben könnten.«

»Sie sind wahrscheinlich schon tot«, knurrte sie. »Und du wirst es auch sein, wenn du nicht auf mich hörst.«

»Wir sind hier an einem öffentlichen Ort. Ich komme schon klar.« Körperlich vielleicht, aber geistig taumelte er.

»Kit –«

Er unterbrach sie. »Das ist mein Job. Weißt du noch? Das Geheimnis der Werwölfe um jeden Preis zu schützen.«

»Dein Leben ist es nicht wert.«

Er stieß ein kurzes, spöttisches Lachen aus. »Von allen Werwölfen ist mein Leben das entbehrlichste. Ich rufe dich später an.« Er legte auf und ignorierte den Anruf, als sie zurückrief. Er stellte das Telefon auf lautlos und steckte es in seine Tasche. Er betrachtete sein Spiegelbild über dem Waschbecken.

Sollte er weggehen? Gestern wäre es einfach gewesen weiterzumachen. Denn wen interessierte schon das Leben einer Abscheulichkeit? Aber heute war er mit einer Frau aufgewacht, die ihn brauchte. Kit zu verlieren würde sie zerstören.

Aber mehr noch, er konnte diese Arschlöcher nicht einfach mit ihren Taten davonkommen lassen.

Was sollte er tun?

Als er den Raum verließ, hatte er sein Handy im Kameramodus. Luna hatte recht. Er durfte das nicht vermasseln, nicht mit Penny in der Nähe. Er würde ein paar Fotos machen und sich dann mit seiner Gefährtin und ihrem Bruder treffen, um einen besseren Angriffsplan zu entwerfen.

Er öffnete die Tür zum Waschraum und sah einen älteren Mann mit dem gleichen schmierigen Lächeln.

»So sieht man sich wieder, Fuchs.«

Bevor Kit reagieren konnte, pikste ihn jemand links von ihm. Ein Blick zur Seite zeigte Teddy, der den Kolben drückte. Kit reagierte, indem er ihm einen Schlag verpasste, aber nicht bevor der größte Teil der Droge in seinen Körper gespritzt war.

Auf der anderen Seite stach ein anderer Handlanger ebenfalls mit einer Nadel zu. Der Jäger schaute die ganze Zeit zu und sagte selbstgefällig: »Was hältst du davon, wenn wir die Jagd beenden, die du vor so vielen Jahren ruiniert hast?«

KAPITEL ZWANZIG

Der alte Pick-up stand auf dem Parkplatz des Golfklubs. Trotz einer gründlichen Durchsuchung des Geländes konnte Kit jedoch nicht gefunden werden. Kein leichtes Unterfangen, wenn man bedachte, dass der aufgeblasene Arsch am Reservierungsschalter damit gedroht hatte, die Polizei zu rufen.

Hammer lehnte sich auf das Podium und sagte: »Mach nur weiter so, Schwachkopf. Du rufst die Polizei und dann kannst du den Beamten erklären, warum du Haifischflossensuppe servierst. Das ist übrigens ein schweres Verbrechen. Genauso wie jede Art von Buschfleisch. Und rieche ich da nicht auch Meeresschildkröte?«

Der Mann, auf dessen Namensschild Corey stand, erblasste. »Ich weiß nicht, wovon Sie reden. Wir haben nur Rind- und Hühnerfleisch auf der Speisekarte.«

»Ich kenne mein rotes Fleisch und mein Geflügel,

und das ist nicht das, was ihr serviert.« Hammer sprach freundlich, sein Tonfall stand im Widerspruch zu seinem stählernen Blick. »Ich frage mich, wie viele Jahre du als Mittäter für den illegalen Handel und den Verzehr geschützter Wildtiere bekommen wirst.«

Coreys Lippen verzogen sich und er hörte auf zu versuchen, am Telefon zu wählen. »Der Typ, den Sie suchen, ist weg.«

»Wohin?«, fragte Poppy ein wenig zu verzweifelt.

Der Mann zuckte mit den Schultern. »Ich weiß es nicht. Nur, dass er hierherkam, um mit Mr. Kline zu reden. Er ging auf die Toilette und kam nicht zurück.«

Was bedeutete, dass er überfallen worden war.

Darian fragte in weiser Voraussicht: »Mit wem hat Kline sich getroffen?«

Als Corey zögerte, schenkte Hammer ihm ein böses Lächeln.

Corey knickte ein. »Ich kenne seinen Namen nicht, nur dass er wichtig ist. Er kommt durch den VIP-Eingang herein und trifft sich alle zwei Monate mit Mr. Kline. Heute sind sie nicht zum Essen geblieben. Sie sind etwa zu der Zeit gegangen, als Ihr Freund verschwunden ist.«

»Beschreibe Klines Essensbegleiter.«

Corey begann mit einer vagen Beschreibung. Der Mann schien in den Fünfzigern oder frühen Sechzigern zu sein und hatte kurzes, grau meliertes Haar. Er war redegewandt, wenn auch ein Arschloch gegenüber dem Personal.

Als die Gruppe aus dem Golfklub herauskam, sackten Poppys Schultern in sich zusammen. Darian legte seinen Arm um sie.

»Wir werden ihn finden.«

Sie wünschte sich, sie hätte seinen Optimismus. »Wie?«, murmelte sie. Und dann wurde es ihr klar. »Seine Ortungschips! Luna wird wissen, wie sie ihn finden kann.«

»Das kann sie wahrscheinlich«, sagte Darian. »Das Problem ist, sie zu erreichen. Das Lykosium mag es nicht, direkt kontaktiert zu werden. Soweit ich weiß, gibt es ein archaisches System, mit dem man dem Rat eine Nachricht hinterlassen kann, und dann muss man warten, bis man Antwort bekommt.«

So schnell sank ihre Hoffnung. Sie konnten es sich nicht leisten zu warten. Sie mussten Luna sofort kontaktieren und der Einzige, der wissen könnte wie? Rok. Schließlich war Luna diejenige gewesen, die ihn zum Alpha ernannt und ihnen den Status eines Rudels gegeben hatte.

Sie rief ihren Alpha an, während Darian sie zurück zu Klines Haus fuhr. Sie erklärte Rok schnell die Situation, unterbrach ihn, als er wütend wurde, und bedankte sich dann bei ihm, als er sagte: »Ich werde versuchen, Luna zu erreichen.«

»Hast du ihre Nummer?«

»Nein, aber das Lykosium hat mir eine Möglichkeit gegeben, die Mitglieder in Notfällen zu kontaktieren.«

Als sie auflegte, fiel ihr ein, wie sinnlos es war, eine Gruppe zu haben, die sie beschützen sollte, aber nicht rechtzeitig erreichbar war, um es zu tun.

Die Tore zu Klines Grundstück waren offen und sie fuhren direkt hinein. Lochlan saß auf der Eingangstreppe und sah verärgert aus. Wie immer.

Als sie ohne Kit aus den Fahrzeugen stiegen, knurrte Lochlan: »Sie ist im Arbeitszimmer.«

Darian nickte. »Danke. Pass bitte auf Poppy auf, während ich mich mit Rosemary unterhalte.«

»Ich komme mit dir«, beharrte sie, woraufhin alle Männer »Nein« sagten.

Sie verschränkte die Arme. »Warum nicht?«

»Weil.« Darians dämliche Antwort.

»Ich bin nicht dumm. Ich weiß, dass du ihr wahrscheinlich wehtun musst, um sie dazu zu bringen, ihre Geheimnisse preiszugeben.«

»Dann verstehst du auch, warum wir nicht wollen, dass du zusiehst.«

Sie verstand es. Sie hielten sie für unfähig, damit umzugehen.

Zu zerbrechlich.

Zu gebrochen.

Zu schwach.

Und das war sie auch eine Zeit lang gewesen, aber jetzt ...

»Ich verstecke mich nicht mehr«, schrie sie. Sie streckte einen Finger aus und zeigte auf das Haus. »Die Schlampe da drinnen weiß, wo mein Gefährte ist, und wenn ich mit ihr geredet habe, wird sie buchstäblich alles ausspucken.« Poppy marschierte an den staunenden Männern vorbei ins Haus.

Wenn sie sich ihr in den Weg stellten oder noch einmal versuchten, sie als zart zu behandeln, würde sie nicht für das Blutvergießen verantwortlich sein.

Die Tür des Arbeitszimmers war geschlossen und das Aufreißen eben dieser ließ die an einen Stuhl gefesselte Frau aufschrecken. Dann entspannte sich Rosemary, als sie Poppy sah.

Poppy hatte es ziemlich satt, dass die Leute so taten, als wäre sie belanglos, deshalb kippte sie den Stuhl nach hinten. Bevor er auf dem Boden aufschlug, war sie rittlings auf Rosemarys Brust und lehnte sich dicht an sie heran.

»Ich werde dir jetzt ein paar Fragen stellen. Wenn du nicht antwortest, werde ich etwas an deinem Körper zerbrechen. Wenn du lügst, werde ich es wissen und dir einen Knochen brechen. Haben wir uns verstanden?«

Die Angst in den Augen der anderen Frau schreckte Poppy nicht ab, nicht wenn Kit in Gefahr war. Außerdem hatte sie, nachdem sie die Gefangenschaft eines sadistischen Mannes erlebt hatte, kein Mitleid mit jemandem, der ein solches Verhalten zuließ.

Sie riss der Frau den Lappen aus dem Mund. »Wo ist Kit?«

»Ich weiß nicht –«

Poppy knallte Rosemarys Kopf auf den Boden. »Versuchen wir das noch einmal. Wo ist Kit?«

»Im Golfklub.«

»Falsch. Er war schon weg, als wir ankamen.«

Rosemary leckte sich über die Lippen. »Ich schätze, Teddys Plan, ihn für seinen Boss zu fangen, hat funktioniert.«

»Wo hat dein Freund ihn hingebracht?«

Anstatt zu antworten, schwenkte Rosemary auf eine andere Frage um. »Willst du Teddy etwas antun? Er hat doch nur Befehle befolgt.«

»Befehle, die Leute verletzen. Also, ja, er wird fertiggemacht, daran führt kein Weg vorbei. Du wirst dich ihm anschließen, wenn du es weiter hinauszögerst. Wer ist sein Boss?«

»Boss. Das ist der einzige Name, den ich je von ihm gehört habe. Er ist angeblich superreich und hat eine Vorliebe dafür, sich Werwölfe anzueignen. Teddy sagt, das ist schon die zweite Stadt, in der er für ihn arbeitet.«

Die zweite. Das deutete an, dass das auch anderswo passiert war, bei anderen. Das war widerlich, aber sie ließ sich nicht abschrecken.

»Wozu will er sie?«

Nach einem kurzen Zögern flüsterte Rosemary ernüchtert: »Die Jagd. Laut Teddy sind der Boss und seine Kumpel große Trophäenjäger.«

»Dein Freund beteiligt sich an der Tötung meiner Leute?«

Rosemary versuchte, den Kopf zu schütteln. »Nein, das ist nicht Teddys Sache. Das macht nur der Boss. Er veranstaltet besondere Partys für seine Freunde. Solche, die viel bezahlen können.«

»Wo findet diese Perversion statt?«

»Ich weiß es nicht.« Als Poppy ihr eine Ohrfeige geben wollte, fügte Rosemary schnell hinzu: »Ich weiß es wirklich nicht. Ich war nie eingeladen und Teddy war nur einmal dort, bevor wir uns kennengelernt haben, vor vielen Jahren. Er konnte mir keine Fotos zeigen, weil sie verboten sind, aber er hat mir davon erzählt. Er sagt, der Ort sei gruselig. Der Boss hängt seine Beute gern auf. Teddy sagt, er hatte ein paar ausgestopfte Bären und Hirsche, aber der Chef steht vor allem auf Wölfe. Oh, und ein paar riesige Füchse.«

Letzteres weckte ihr Interesse. »Was meinst du mit riesigen Füchsen?«

Sie zuckte mit den Schultern. »Vielleicht liegt es nur an der Person, die sie ausstopft, damit sie größer aussehen. Ich weiß nur, Teddy hat gesagt, dass er noch nie so große Füchse gesehen hat. Er hat angeblich eine ganze Familie ausgestellt, eine Füchsin und einen Haufen kleinerer Welpen.«

Das konnte nicht sein ... Sicherlich ein Zufall, und doch konnte sie nicht anders, als sich an Kits seltsame Abstammung zu erinnern. Kit, der einst gejagt worden war.

Könnte es derselbe Mann sein?

»Was kannst du mir noch erzählen? Ich will alles wissen.«

Es stellte sich heraus, dass es sehr wenig war. In der vorherigen Stadt hatte Teddy eine Liste mit Namen bekommen und den Auftrag, diese Leute zu sammeln und sich nicht erwischen zu lassen. Dafür hatte er drei Jahre gebraucht. Diesmal hatte er weniger zur Verfügung, bis der Boss Teddy einen eigens kreierten Wolfsduft gab. Als Parfüm verwendet sorgte er dafür, dass die Zielpersonen Rosemary vertrauten und nicht ahnten, dass sie in eine Falle liefen.

Als Poppy die Fragen ausgingen, drehte sich ihr Magen und Hoffnungslosigkeit überkam sie. Sie erhob sich aus ihrer Position über der Frau und ignorierte Darian, der ausnahmsweise geschwiegen hatte, während sie Antworten erhielt, die die Situation nicht verbesserten. Sie war Kit keinen Schritt näher gekommen und machte sich mehr denn je Sorgen um sein Wohlergehen.

Als sie sich von Rosemary entfernte, wurde die Frau wieder etwas frecher. »Teddy wird dir das nicht durchgehen lassen. Wenn er herausfindet, was du mir angetan hast, wird er hinter dir her sein.«

Hammer betrat das Arbeitszimmer und sagte: »Das bezweifle ich.« Er hielt sein Handy hoch. Bevor Poppy den Bildschirm lesen konnte, sagte er: »Anscheinend erlitt Theodore Kline während der Fahrt einen Herzinfarkt. Er ist mit seinem Wagen gegen ein Gebäude geprallt. Er hat nicht überlebt.«

Da ging ihre letzte Hoffnung dahin, Kit zu finden.

Sie hob ihr Kinn und heulte auf. Frustriert und wütend.

Als ihr Telefon klingelte, war ihr erster Impuls, es zu nehmen und gegen die Wand zu werfen. Hart.

Sie musste sich beherrschen, um stattdessen einen Blick auf das Display zu werfen.

Unbekannte Nummer.

Sie ging ran. »Hallo?«

»Ist da Penelope?«, fragte die weibliche Stimme am anderen Ende.

»Wer ist dran?«

»Luna. Ich kann Kit nicht erreichen und mache mir Sorgen.«

Sie schloss die Augen und ließ ihr Kinn sinken. »Kit wurde von einem Werwolf-Jäger entführt.«

»Dann sollten wir ihn wohl besser zurückholen.«

KAPITEL EINUNDZWANZIG

Kit war verwirrt, als er die Augen öffnete – mühsam, wie er hinzufügen sollte. Seine Lider fühlten sich schwer an, als wären sie mit Steinen beschwert. Er öffnete sie so weit, dass er unscharf sehen konnte, blinzelte, um sie zu befeuchten, und öffnete sie dann wieder.

Irgendwie wünschte er sich, seine Situation wäre verschwommen geblieben. Er schloss die Augen, hielt sie fest geschlossen und atmete ein paarmal tief durch. Er kämpfte gegen die Panik an. Er hasste die Angst, die sich an den Rändern seiner Psyche festsetzte.

Er würde nicht zulassen, dass sie die Oberhand gewann. Das durfte er nicht, sonst wäre er verloren. Jetzt war nicht der richtige Zeitpunkt, um die Konzentration zu verlieren oder unüberlegt zu handeln.

Aber es war schwer, sich daran zu erinnern, ruhig zu bleiben, als er sich schließlich erlaubte, die Gitterstäbe, die ihn einschlossen, die zu klein waren, um zu stehen oder sich zu strecken, genau zu betrachten. Er hatte die Knie an seine Brust gepresst.

Ein verdammter Käfig.

Nein. Nicht schon wieder. Allein der Gedanke daran ließ ihn ausflippen, sein Atem kam in schnellen Zügen.

Ruhig. Bleib ruhig, verdammt.

Aber es war so verflucht schwer.

Ich kann mich nicht bewegen.

Er mochte eingesperrt sein, aber er hatte seinen Verstand. Er ignorierte die Gitterstäbe und verschaffte sich einen Überblick über andere Dinge, angefangen bei seiner Nacktheit.

Die gute Nachricht: Er spürte keine Schmerzen durch anale Sondierungen, Nadelstiche oder fehlende Stücke. So etwas war ihm zwar noch nie passiert, aber Kit hatte schon ein paar Werwölfe gerettet, die von Menschen gefangen worden waren und Schlimmes erlebt hatten.

Die Wände aus Ziegelsteinen und das schmale, vergitterte Fenster wiesen darauf hin, dass sein Gefängnis sich in einem Keller befand. Ein Gefängnis, das er mit anderen teilte, stellte er fest, als er andere Käfige mit Leuten darin sah.

Sobald er sie entdeckte, konnte er nicht mehr wegsehen. Der Schreck in ihren Gesichtern ließ ihn frösteln. Ihre blassen, hoffnungslosen Gesichter machten seine Hoffnung zunichte. Einige starrten ihn mit großen Augen an. Ein paar schliefen. Wieder andere, darunter ein kleines Kind, krümmten sich zusammen und weinten leise und zitternd.

Er zählte zehn Käfige, von denen nur sieben besetzt waren. Bei der letzten Zählung hatte das dezimierte Rudel mehr als siebzehn Mitglieder gezählt.

Siebzehn Werwölfe waren verschwunden, und kein einziger war dem Lykosium gemeldet worden. Die Situation wäre vielleicht unbemerkt geblieben, wenn er nicht nach einem Muster gesucht hätte, dem gleichen, das Pennys ehemaliges Rudel erwischt hatte.

Und seine Familie.

Wie konnte das nur passieren? Wie konnte er wieder zum Gefangenen des Mannes werden, der alle umgebracht hatte, die ihm etwas bedeuteten? Der Kit fast getötet hatte ...

Dieses Mal könnte der Jäger Erfolg haben. Kit konnte nur hoffen, dass er die Chance bekam, sich zu wehren. Wenn er sich befreien konnte, bevor seine Muskeln schwach wurden, würde er dem Jäger zeigen, wer ihn in der Nahrungskette überragte.

Die Treppe knarrte, als jemand herunterkam, und erinnerte ihn an ein anderes Mal in der Vergangenheit, als eine andere Treppe ähnliche Geräusche gemacht hatte.

Diesmal würde es nicht so sein wie beim letzten Mal. Mehr Wunschdenken als Tatsache. Aber das kleine Kind war zu einem Mann herangewachsen. Einem starken Mann. Er konnte kämpfen.

Wenn er dem Käfig entkommen könnte.

Die Schritte näherten sich von hinten. Er hatte gerade so viel Platz, dass er sich hätte umdrehen können, um zu sehen, aber diese Aktion würde Interesse zeigen. *Niemals Aufmerksamkeit erregen.* Diese Regel hatte seine Mutter ihm beigebracht, denn das war alles, was sie tun konnte, als der Jäger die Familie erwischt hatte.

Beim ersten Mal hatte sie sich ergeben, damit ihre jungen Welpen noch eine Weile überleben konnten. Aber sie waren noch so jung, dass der Jäger sie in einen Raum sperrte und darauf wartete, dass sie heranwuchsen, damit er sie jagen konnte.

Er hatte immer noch Albträume von diesem Kellerraum mit den zerlumpten Decken, den Metallschüsseln und dem Eimer, in den sie pissen und scheißen mussten.

Sein Zuhause für ... Er hatte nie herausgefunden, wie lange, denn damals hatte er kein Zeitgefühl gehabt. Seine Erinnerungen an diese verzweifelten Tage waren verschwommen, als seine Mutter versucht hatte, ihren Jungen das Überleben beizubringen. Als sie stärker und schlauer geworden waren, hatten sie einen Fluchtplan ausgearbeitet. Sie entkamen aus dem Gefängnis und ließen ihren Wärter in einer Lache aus Blut und verschüttetem Hundefutter zurück. Sie hatten es in den Wald geschafft, bevor der Jäger sie bemerkt hatte.

Das Gebell der Hunde war ihre erste Warnung

gewesen. Das Donnern der vielen Hufe hatte verraten, dass ihr Entführer nicht allein unterwegs war.

Mutter war bei dem Versuch, Kit und die anderen zu beschützen, gestorben. Sie war eine tapfere Füchsin, aber sie konnte sich nicht gegen vier erwachsene Männer mit Gewehren und scharfen Speeren durchsetzen. Bei ihrer Verteidigung war Kit verletzt worden. Das waren sie alle. Aber der Jäger hatte sie geheilt, damit er sie zum Sport freilassen und einen nach dem anderen töten konnte.

Der verantwortliche Mann stand vor seinem Käfig und grinste.

»Ich habe immer gehofft, dass wir uns eines Tages wiedersehen, Tristan.«

Der Name traf ihn hart. Denn es war der Name, den seine Mutter ihm gegeben hatte. Vergessen während des Traumas. Und dieser Name würde tot bleiben, denn Tristan hörte an dem Tag auf zu existieren, an dem seine Mutter starb.

Er sagte nichts.

»Strafst du mich mit Schweigen? Ich sehe, du hast dich nicht verändert. Nur dein Bruder hat nie den Mund gehalten. Wie hieß er noch mal? Ronny? Roddy?«

Kit schloss die Augen, als ihm der Name einfiel. Robert.

»Weißt du, wie du vor all den Jahren in meine Obhut geraten bist?«

Er wollte sagen, dass es ihn nicht interessierte, und doch hörte er gespannt zu.

»Gib deinem Vater die Schuld. Er war in meinen Wäldern auf der Jagd. Er hat mein Wild gerissen, als ich ihn erwischte. Stell dir vor, wie überrascht ich war, als er sich in einen Mann verwandelte.«

»Er hat den Kodex gebrochen.«

»Er hat euer Werwolfgeheimnis nicht nur verraten, er hat es in Stücke gerissen. Er hat mir alles erzählt, um seine Haut zu retten. Sogar die Tatsache, dass er verheiratet war und einen Haufen Kinder hatte. Werwölfe, genau wie er.«

Es machte ihn fertig zu wissen, dass der Vater, an den er sich nicht mehr erinnerte, zu feige gewesen war, sie zu beschützen. Kit würde eher sterben, als irgendwelche Geheimnisse zu verraten.

»Deine Mutter wäre meiner Falle fast entkommen. Hätte sie es an dem Tag bis zum Bach geschafft, hätte ich wahrscheinlich eure Spur verloren. Aber das Glück war auf meiner Seite, und ich habe euch alle erwischt.«

»Dafür wirst du bezahlen.« Vielleicht nicht durch Kits Hand, aber jemand würde dieses Monster töten. Höchstwahrscheinlich Luna. Inzwischen hatte sie ihn aufgespürt und plante seine Rettung. Zumindest hoffte er das. Sie sollte sich besser beeilen. Er hatte nicht den Eindruck, dass der Jäger lange warten würde.

»Du bist ziemlich groß geworden, seit wir uns das letzte Mal gesehen haben. Wie alt warst du, fünf, sechs, als du geflohen bist?«

»Zu alt, um dich zu erinnern?«, spottete er.

»Die Damen nennen mich distinguiert.« Der Mann war reifer geworden, sein Haar war eher grauweiß als dunkel, aber trotzdem war er ärgerlich attraktiv.

»Bist du sicher, dass das kein Lob für dein Geld ist?«

»Kann es nicht beides sein?«

»Wie ich sehe, bist du immer noch ein sadistischer Wichser.«

»Jeder braucht ein Hobby.«

Die Fröhlichkeit des Mannes ging ihm auf die Nerven. Er war genauso gerissen wie früher, vielleicht sogar noch gerissener.

»Damit wirst du nicht durchkommen.«

»Das bin ich schon. Sag mir nicht, dass du auf Rettung wartest. Es tut mir leid, dir das zu sagen, Tristan, aber sie werden dich niemals finden können. Wir haben die Chips in deinem Körper bereits ausgeschaltet. Ich muss zugeben, dass die Technologie ziemlich genial ist und ich bei der nächsten Gruppe, die wir rekrutieren, etwas aufmerksamer sein werde.«

»Mit deinen sadistischen Spielchen ist jetzt Schluss«, fauchte Kit.

»Da liegst du falsch. Wir wissen beide, dass es da draußen noch viele Wölfe gibt. Aber keine Füchse. Es scheint, dass deine kleine Familie eine Seltenheit war. Hätte ich auch nur eine Sekunde geglaubt, dass du bis zum Erwachsenenalter überleben würdest, hätte ich dich nicht sterilisieren lassen. Du wärst ein interessanter Hengst geworden.«

Das war das Ende seiner Annahme, dass er von Geburt an nicht in der Lage gewesen war, eine Frau zu schwängern. Kit musste fast würgen, als er merkte, wie er beraubt worden war.

»Ich hoffe aufrichtig, dass du schmerzhaft stirbst«, sagte er mit zusammengebissenen Zähnen.

»Weißt du, du wärst nicht der Erste, der versucht, mich zu töten. Auf mich wurde geschossen, mein Haus wurde angezündet. Meine eigene Freundin hat sogar einmal versucht, mich zu töten.« Der Jäger kicherte fast.

»Das liegt wohl daran, dass du so ein netter Kerl bist.«

»Das bin ich. Zu Menschen. Aber Tiere sind nur für eine Sache gut. Rate mal, was diese Sache ist.« Der Jäger lehnte sich dicht an das Gitter. »Sie versorgen die Menschen. Denn wir sind die dominante Spezies.«

»Lässt dich dieser Gedanke nachts besser schlafen?«, spottete Kit, der nicht anders konnte. Vielleicht würde er schnell sterben, oder der Jäger würde ihn eher früher als später herausfordern wollen.

»Da wir gerade von nächtlichen Aktivitäten sprechen: Deine Freundin ist attraktiv. Ich weiß nicht, warum sie sich an einen Mann verschwendet, der ihren Bauch nicht mit einem Kind füllen kann.«

Sein Herz blieb fast stehen. »Halte dich von Penny fern!«

»Du bist derjenige, der sich fernhalten sollte. Weiß sie, dass du ihr niemals kleine Knallfrösche schenken wirst? Vielleicht sollte ihr das jemand sagen.«

Auf den grausamen Spott nicht zu reagieren brachte ihn fast um. *Nicht reagieren.* Zu zeigen, dass er sich Sorgen machte, würde den Jäger nur ermutigen, sie zu verfolgen.

Er schaffte es, teilnahmslos zu bleiben, bis der Jäger sagte: »Ich bin nicht zu alt, um die nächste Generation zu säen. Wie wäre es, wenn ich dir bei der Befruchtung helfe? Vielleicht lasse ich dich sogar zusehen.«

Kit brüllte, zusammenhangslos vor verängstigtem Zorn.

Der Jäger lachte. »Heule so viel du willst. Es wird passieren. Und zwar bald. Der Tipp über deinen Aufenthaltsort, den ich gegeben habe, hat dafür gesorgt, dass sie schon auf dem Weg ist.«

Penny kam, um ihn zu retten? Das demütigte ihn und stärkte seine Entschlossenheit. Er war sich sicher, dass sie nicht allein kommen würde. Zumindest würde sie Darian dabeihaben.

Doch obwohl er sich Rettung wünschte, betete er auch, dass sie umkehren und nach Hause gehen würde.

Denn wenn das Sterben begann, wollte er sie nicht in seiner Nähe haben.

KAPITEL ZWEIUNDZWANZIG

»Wie lange dauert es noch, bis wir ankommen?«, beschwerte sich Poppy. Das Gejammer zerrte an ihrem eigenen letzten Nerv. Aber sie konnte nicht anders, denn die Angst wurde immer größer.

Nach einem langen Flug, der sie quer durch das Land und über eine Grenze geführt hatte, waren sie zu dieser letzten Etappe der Reise aufgebrochen. Luna holte sie am Flughafen ab und sah erschöpft, mit ihrem silbrig gestreiften Haar jedoch immer noch attraktiv aus. Aber ihre Augen? Die beunruhigten Poppy. Die Frau hatte eine Andersartigkeit an sich, die ihr noch nie begegnet war. Waren alle im Rat so seltsam wie sie?

Sie mieteten einen übergroßen Geländewagen und fuhren zu einem Ort, den Luna nicht verraten wollte, wobei sie darauf bestand, selbst zu fahren.

»Es ist nicht mehr weit«, war Lunas Antwort.

Die Nicht-Antwort trug wenig dazu bei, Poppys Unbehagen zu vertreiben, vor allem, als ihr die Straßenschilder vertraut wurden.

Sie grub die Fingernägel in ihre Handflächen. *Bitte lass mich falschliegen.* Sie hatte gehofft, niemals zurückzukehren. Niemals –

Als sie die Schnellstraße verließen, überkam sie das Grauen, denn sie kannte diese Gegend. Sie kannte jede Biegung der Straße, auf der sie fuhren. Schließlich war sie vor Jahren mit Darians Hilfe auf dieser Straße geflohen.

»Wo bringst du uns hin?«, flüsterte sie.

»Ich glaube, du kennst unser Ziel«, sagte Luna ruhig und bestätigte damit Poppys Befürchtung.

Der Geländewagen bog auf einen zerfurchten Waldweg ein und die beiden Scheinwerfer reflektierten das Laub. Sie hatten die Straße schon verlassen, bevor sie die von Bäumen gesäumte Auffahrt zum Haus erreichten.

Das Haus, das niedergebrannt war.

»Warum sollte er hierherkommen? Hier gibt es nichts zu sehen. Ein Feuer hat das Haus dem Erdboden gleichgemacht.«

»Es wurde letztes Jahr wiederaufgebaut«, erklärte Luna, als sie den Wagen parkte und der Wald sie von allen Seiten umgab.

Die Andeutung schockierte Poppy. Das konnte nicht sein. Sie fragte leise: »Ist es Gerard?«

War er aus dem brennenden Haus entkommen?

Konnte es sein, dass sie und Kit eine gemeinsame Vergangenheit und einen gemeinsamen Feind hatten?

Die Erkenntnis, dass sich der Kreis geschlossen hatte, erschütterte sie bis ins Innerste. Ihre Vergangenheit hatte sie in der Gegenwart eingeholt.

»Ich wusste nie den Namen von Kits Entführer«, sagte Luna. Wenn sie von vergangenen Ereignissen erzählte, nannte sie ihn immer *diesen Jäger*, manchmal auch *Ficker* oder *Mistkerl*.

Darian öffnete die Fahrzeugtür und sagte schroff: »Wenn es Gerard ist, werden wir uns ein für alle Mal um ihn kümmern.«

Ein verbitterter Teil von Poppy hätte fast gesagt: *Wie beim letzten Mal?* Gerard verletzte immer noch Leute, weil er immer wieder aus den Fängen des Todes entkam.

Luna hatte versagt. Ihre Mutter. Darian auch. Wie sie Kit kannte, würde er sein Bestes geben. Welche Hoffnung hatten sie gegen einen Menschen, der mehr Leben zu haben schien als eine Katze?

Wage es nicht, jetzt feige zu werden. Sie ließ ihr Kinn sinken und holte tief Luft. Ruhig. Sie konnte das schaffen.

Sie musste es tun.

Denn nicht zu handeln war keine Option.

Sie schaute in den Wald und blinzelte, als die Scheinwerfer des Geländewagens ausgingen. Ihre Sicht verbesserte sich, als sie sich an ihre panische Flucht durch den Wald erinnerte. Sie hatte es in so vielen Albträumen durchlebt, dass sie sich jetzt umsehen und dabei ruhig bleiben konnte. Trotz der Dunkelheit war es jetzt nicht mehr so beängstigend.

Ich habe schon einmal überlebt. Ich kann es wieder tun. Immerhin war sie älter, stärker und sie war nicht allein gekommen.

»Gehen wir auf zwei oder vier Beinen rein?«, fragte sie und hoffte, dass niemand bemerkte, dass sie sich kaum noch zusammenreißen konnte.

»Ich bin mir nicht sicher, was wir an Widerstand erwarten können«, gab Luna zu. »Da wir so unter Zeitdruck stehen, hatten wir leider keine Zeit, den Ort zu erkunden.«

»Das heißt, wir haben keine Ahnung, mit wie vielen Leuten wir rechnen müssen«, brummte Lochlan. »Ich nehme an, sie sind bewaffnet.«

»Höchstwahrscheinlich.«

Poppy biss sich auf die Lippe. Fast hätte sie sich dafür entschuldigt, dass sie sie gebeten hatte, ihr bei der Rettung von Kit zu helfen. Aber sie wusste auch, dass sie nicht gehen würden, selbst wenn sie ihnen gesagt hätte, dass sie gehen sollten. Kit war einer von ihnen. Er würde sein Leben riskieren, um sie zu retten. Sie würden nicht weniger tun.

Hammer zeigte in eine Richtung. »Ich rieche Waffenöl. Da lang.« Da er den besten Geruchssinn von allen hatte, zweifelte sie nicht an seiner Aussage.

»Das beantwortet wohl eine Frage. Und ich ohne

schusssichere Weste«, murmelte Lochlan. »Fantastisch.«

»Willst du zurückbleiben?«, spottete Luna.

»Von wegen. Es ist schon eine Weile her, dass ich herausgefordert wurde.«

»Du hast dich nicht glücklich angehört.«

Hammer prustete. »Zu deiner Information, das war Lochlans glückliches Gesicht.«

Das stimmte. Poppy beäugte den älteren Mann, der von ihnen allen die meiste Erfahrung in solchen Situationen hatte, außer vielleicht Luna. Aber sie vertraute Lochlan.

»Was sollen wir tun?«

»Nicht als plappernde Bande reingehen«, sagte Lochlan. »Die Jungs werden im Pelz gehen. Dreiecksformation. Die Frauen gehen in Richtung Haus.«

Luna stieß einen wenig damenhaften Laut aus. »Na, verdammt, bist du nicht ein Held, der uns kleinen Damen sagt, was wir tun sollen?«

»Hast du eine andere Idee?«, fragte Lochlan mit einer hochgezogenen Braue.

Offensichtlich hatte Darian eine. »Wir könnten mit dem Geländewagen direkt reinfahren. Wenn wir das Arschloch gemeinsam konfrontieren, wird er Kit vielleicht ausliefern, um seine Haut zu retten.«

»Weil ein Kerl, der es liebt, unsere Art zu jagen, uns einfach so das geben wird, was wir wollen?« Poppy konnte sich den Sarkasmus über die unausgereifte Idee ihres Bruders nicht verkneifen.

»Siehst du, was ich dir gesagt habe? Die Paarung hat sie gemein gemacht«, stöhnte Darian zu Hammer.

»Es wurde Zeit, dass das Mädchen sein Rückgrat findet«, murmelte Lochlan.

»Sie ist eine Frau, kein Mädchen«, schimpfte Luna. »Wie ich sehe, ist Sexismus in deiner Welt immer noch sehr lebendig.«

»Da du ein Problem damit hast, würdest du dann lieber auf vier Beinen gehen?«, fragte Lochlan. »Ich wäre froh, wenn ich ausnahmsweise mal meine verdammte Hose anbehalten könnte.«

Sie tauschten einen funkelnden Blick aus.

Bevor es zu einem Streit kam, mischte Poppy sich ein. »Der Plan ist gut, Lochlan. Luna und ich gehen auf zwei Beinen rein.« An einem anderen Tag wäre sie auf Lunas Seite gewesen und hätte die beiden wegen Sexismus und geschlechtsspezifischer Rollenverteilung angeklagt, aber ganz ehrlich, sie wollte nicht in ihrem Pelz stecken, wenn sie den Mann traf, der Kit entführt hatte. Sie wollte ihm eine Standpauke halten. Und dann ein paar Schläge ins Gesicht verpassen. Dann würde sie ihn umbringen. Denn sie wusste, dass sie eine gute Rache nicht verschwenden sollte. In den Filmen erlitten diejenigen, die zögerten, meist eine vermeidbare Tragödie. Deshalb sollte ein Zombie immer doppelt getötet werden.

Sie ließen den Wagen stehen, und die Männer entledigten sich ihrer Kleidung und stopften sie in die Rucksäcke, die Luna und Poppy trugen. Sie trugen beide lockere Kleidung und Schuhe, die sie leicht ausziehen konnten. Poppy hatte sogar auf einen BH und Slip verzichtet. Sie hatte einmal gesehen, wie sich eine Freundin während einer Verwandlung in ihrer Unterhose verfangen hatte. Es gab nichts Lächerlicheres als eine Wölfin, die einen Tanga trug.

Poppy und Luna sagten nicht viel. Das Reden hatten sie während der Fahrt erledigt.

»*Du bist also diejenige, die Kit gerettet und adoptiert hat*«*, hatte Poppy zu Beginn gesagt.*

Daraufhin hatte Luna sie angestarrt und gekeucht: »*Heilige Scheiße, ihr seid verpaart.*«

Die gute Nachricht war, dass sie sich ganz gut verstanden. Die schlechte: Luna erzählte ihr von Kits Rettung. Dass er der letzte Überlebende seiner Familie war. Wie er in einem Käfig gelebt hatte. Wie er unter der Folter gelitten hatte.

Es brach ihr das verdammte Herz.

»Wir können nicht zulassen, dass dieser Mann ihn behält.«

»Die Schreckensherrschaft über unsere Art endet heute«, versprach Luna.

Aber würde das Poppys Albträumen ein Ende setzen?

Poppy war seit ein paar Jahren nicht mehr in diesen Wäldern gewesen, aber sie erkannte Orientierungspunkte. Schließlich war sie mehr als ein paarmal durch den Wald gelaufen, als sie ihre Mutter besuchte, bevor sie Gerards Gefangene wurde.

Wie konnte sie nicht wissen, dass das Haus wiederaufgebaut worden war? Konnte es wirklich Gerard sein? Sie bezweifelte nicht, dass er den Mut hätte, ein neues Haus auf die Asche des alten zu setzen. Wer kehrte schon an den Ort seiner Verbrechen zurück? Mörderische Psychopathen, die Kinder quälten, so war es.

Als sie sich dem Haus näherten, machte Poppy ihre Schritte leiser und achtete darauf, wo sie ihre Füße hinsetzte. Die drei Wölfe blieben außer Sichtweite, aber sie wusste, dass sie sie beobachteten.

Ihre Anwesenheit beruhigte sie. Genauso wie die Waffe, die sie am Rücken trug. Sie hatte Rosemarys Waffe genommen, trotz Darians Einwand: *keine Waffen.*

Ihre Antwort: *Jeder weiß, dass man keine Krallen zu einer Schießerei mitbringt.* Das sollte auf ein T-Shirt gedruckt sein.

Zum Glück hatte Lochlan zugestimmt. Sie hatte nicht gefragt, wie er es geschafft hatte, seine Waffe ins Flugzeug zu schmuggeln, denn Kanada hatte strenge Gesetze. Sie wusste nur, dass sie sie beschützen würde, wenn sie es brauchte, denn sie hatte erst vor gut einem Jahr schießen gelernt. Lochlan, der Vater, den sie nie gehabt hatte, hatte es ihr beigebracht.

Der Waldrand bot einen versteckten Platz, um das Haus zu beobachten. Das neue Gebäude, ein Blockhaus, bestand aus großen Stämmen, die sich an den Ecken kreuzten. Die vordere Veranda ragte mehr als drei Meter hoch. Ein Mann mit einem Gewehr vor der Brust bewachte sie.

Ein leiser Blick nach links und rechts zeigte zwei weitere Wachen in Baumhäusern am Rande des gerodeten Waldes. Vier Stellen wären klüger gewesen. Sie hatten ein paar Löcher in ihrer Überwachung gelassen.

Luna tippte Poppy auf den Arm und deutete auf die Bedrohungen, die sie bereits bemerkt hatte.

Die Wölfe blieben außer Sichtweite.

Luna wies mit dem Finger auf das Haus. Die Flutlichter rundherum sorgten für eine gute Beleuchtung, aber sie waren im Moment auf eine niedrige Stufe eingestellt und boten gerade genügend Licht, um Bewegungen auf dem gepflegten Gras um das Haus zu erkennen. Sie würden eine Ablenkung brauchen, um unentdeckt zu bleiben.

In diesem Moment wurde ein Schrei unterbrochen. Als die Wache, die dem Schreienden gegenübersaß, von ihrem Hochsitz herunterkletterte, sprintete Poppy schnell in Richtung der Westmauer.

Luna folgte dicht hinter ihr. Mit einem Knall ging ein Gewehr los. Schade, denn das würde Aufmerksamkeit erregen, die sie sich nicht leisten konnten.

Plötzlich brach der harte Boden unter Poppys Füßen zusammen. Eine Grube tat sich auf und einen Moment lang schien es, als würde Poppy auf Luft laufen. Dann packte die Schwerkraft sie und riss sie nach unten.

KAPITEL DREIUNDZWANZIG

Das Fallen dauerte nicht lange. Poppy schlug hart auf dem schwammigen Boden auf.

Uff.

Sie brauchte ein paar Blinzler und Atemzüge, um ihren Verstand zu sammeln. Das schwache Mondlicht durchdrang kaum die Dunkelheit auf dem Grund der Grube. *Bitte lass da nichts sein, was mit zu vielen Beinen krabbelt.* Der Film *Indiana Jones und der Tempel des Todes* hatte sie für immer traumatisiert.

Luna spähte über den Rand. »Penelope?«

Sie stöhnte und setzte sich auf. »Hier unten. Nichts gebrochen, glaube ich.«

»Ich hole dich raus. Warte.«

Als könnte sie irgendwo hingehen.

Sie schritt durch die Grube und suchte an den Wänden nach Haltegriffen. Sie kam sich so dumm vor.

Sie hatte nichts gerochen oder geahnt und war buchstäblich in die Falle gelaufen.

Die erdigen Wände boten nicht viel zum Festhalten, aber sie versuchte trotzdem, die Seiten zu erklimmen. Die Breite reichte gerade aus, um alle Versuche zu vereiteln. Der Dreck bröckelte und warf sie zurück auf den Boden.

Ein schwerer Seufzer entwich ihr. Gefangen. Sie würde sicher jeden Moment entdeckt werden.

Ein Rascheln über ihr ließ sie wirklich auf Luna oder einen der Jungs mit einem Seil hoffen.

Ein Blick nach oben zeigte ihr jedoch eine unwillkommene Gestalt. Ihr Albtraum wurde wahr.

Gerard.

Obwohl sie es erwartet hatte, traf der Anblick seines schmierigen Lächelns sie hart.

»Penelope, wie schön, dass du vorbeikommst. Es ist so schön, dich zu sehen.«

»Das kann ich nicht behaupten«, schnauzte sie, anstatt sich der überwältigenden Angst hinzugeben.

»Bist du nicht die Temperamentvolle? Ich hatte die Ähnlichkeit mit deiner Mutter vergessen. Attraktive Frau. Schade, dass sie gestorben ist.«

»Du hast sie umgebracht.«

»Wie ich schon sagte, eine Schande. Sie hatte hervorragende Gene und gebärfreudige Hüften. Wäre sie nicht gestorben, hätte ich sie geschwängert, bis wir es richtig gemacht hätten. Jetzt, da sie nicht mehr da ist, wirst du genügen müssen.«

»Ich bin deinetwegen unfruchtbar, du Arschloch.«

»Nun, das ist verdammt schade. Na ja. Ich bin mir sicher, dass du auch anderswo Verwendung finden wirst. Immerhin bist du einigermaßen attraktiv, und ich habe Bedürfnisse.«

Ihr drehte sich der Magen um. »Nur über meine Leiche.«

»Wie wäre es mit willig, denn weißt du es nicht? Dafür habe ich eine Schwäche.«

Sie musste fast kotzen. »Nein. Ich werde dich nicht lassen.«

»Lassen?« Er lachte. »Sobald ich dich mit den richtigen Mitteln versorgt habe, schwebst du auf einer Wolke und sagst kein Wort mehr, wenn ich meinen Schwanz in dich stecke.«

»Feigling. Ist das der einzige Weg, wie du rankommst, indem du eine Frau unter Drogen setzt?«

»Wenn ich sehe, wie verzweifelt du bist, wenn du aufwachst und merkst, was ich getan habe, ist das ein zusätzlicher Nervenkitzel.«

Dieses Maß an Bösartigkeit schien einfach nicht möglich zu sein. »Du bist krank.«

»Du weigerst dich einfach anzuerkennen, dass ich besser bin als deinesgleichen. Mehr Alpha als die meisten Alphas.«

Daraufhin lachte sie. »Du hast nicht annähernd die Ehrfurcht und Präsenz eines wahren Alphas. Du bist erbärmlich.«

»Sagt der Verlierer zum Gewinner.« Ein Seil fiel in die Grube. »Sei ein braves Mädchen und klettere.«

»Zwing mich.« Obwohl es schwer war, mutig zu klingen, versuchte sie, ihn dazu zu bringen, etwas Waghalsiges zu tun.

»Als wäre ich so dumm. Ich werde warten, bis das Beruhigungsmittel wirkt.«

Panik erfüllte sie. Wenn er sie betäubte, konnte sie sich nicht wehren. »Damit wirst du nicht durchkommen.«

»Das bin ich schon. Siehst du, ich habe alle deine Freunde gefangen genommen. Die alte Frau? Sie wird gerade angekettet, während wir uns unterhalten. Dein Bruder und sein stämmiger Freund? Sind bereits in Käfigen.«

Sie reagierte nicht, als er es versäumte, einen ihrer Begleiter aufzulisten. Wenn Lochlan frei blieb, hatten sie eine Chance.

»Für jemanden wie dich gibt es einen besonderen Platz in der Hölle«, sagte sie, als er etwas hinunterwarf, das sich in ein Pulver verwandelte, das sie unweigerlich einatmete.

»Es nennt sich durch die rechte Hand des Teufels. Gute Nacht, Penelope. Schlaf gut. Du wirst es brauchen.«

Unheilvolle Worte, die sie hören musste, bevor sie einschlief und in einem Albtraum erwachte.

KAPITEL VIERUNDZWANZIG

Kit schaffte es zu dösen und träumte ...

Er schlief in einem Käfig, allein. Die letzten seiner Geschwister waren vor einer Weile verschwunden und er war der Einzige, der noch im Keller war. Der Jäger – »nenn mich Meister« – hatte ihm ein Metallhalsband angelegt, damit er jeden Tag eine kurze Zeit trainieren konnte.

Da niemand mehr da war, um ihn zu beaufsichtigen, krabbelte er meistens herum und testete die Grenzen seiner Leine aus. Ein paarmal versuchte er, sich durch Sprinten zu befreien, aber das Halsband würgte ihn, als die Kette straff wurde.

Futter gab es einmal am Tag in einem Napf mit einer Flasche Wasser. Nur Fleisch, denn, wie der Jäger sagte: »Die Leute bezahlen mich nicht dafür, einen fetten Fuchsbastard zu jagen.«

Er wusste nicht, was das Wort Bastard bedeutete,

aber er nahm an, dass es schlecht war. Manchmal fragte er sich, was er getan hatte, um diese Strafe zu verdienen. Früher vermisste er das Leben von früher, aber als er sich nur noch an den Schmerz erinnerte, beschloss er, zu vergessen und alles zu verdrängen, was ihn zum Weinen brachte. Wie zum Beispiel seine Mutter. Er konnte sich nicht einmal mehr an ihr Gesicht erinnern.

Auch nicht an ihren Namen.

Das war seine Welt, und als der Jäger eines Tages zu ihm kam und sagte: »Es ist Zeit«, war er sehr erleichtert.

»Wach auf. Es ist Zeit.« Jemand rüttelte an den Gitterstäben seines Käfigs und weckte ihn aus seinem leichten Schlaf.

»Verdammt, wo zum Teufel hat der Boss einen Rotschopf gefunden? Ich habe gedacht, dass es seine Art nur in Braun- und Schwarztönen gibt.«

»Ich habe gehört, er ist eine Laune der Natur. Halb Fuchs, halb Wolf«, sagte der nach Minze riechende Wachmann mit leiser Stimme.

Derjenige, der nach Tabak stank, prustete. »Sein Daddy war ein bisschen mondsüchtig und hat seinen Schwanz in den falschen Hund gesteckt?«

Da hätte Kit fast reagiert. In Wahrheit wusste er nicht, wie er entstanden war. Fuchs-Gestaltwandler sollte es eigentlich nicht geben. Und obwohl Luna gesucht hatte – und Kit auch, als er älter wurde –, hatten sie keine anderen gefunden. Die Kitsune-

Legenden schienen nicht auf seinen sehr weißen Hintern zuzutreffen.

Die Wächter griffen die Gitterstäbe seines Gefängnisses an beiden Enden und zogen ihn hoch. Dass er aus dem Keller verlegt wurde, verhieß nichts Gutes.

Ich schätze, jetzt bin ich an der Reihe, gefoltert zu werden.

Die Frage war nur, ob die Beute sich gegen den Jäger wenden konnte.

Die Wachen beachteten die Blicke der anderen nicht, als sie Kit vorbeitrugen. Keiner der Gefangenen gab einen Laut von sich, aber ihre düsteren Gesichter verrieten, dass sie nicht mit seiner Rückkehr rechneten. Das tat er auch nicht. Wenn das hier wie sein letzter Aufenthalt bei dem Jäger war, starb man, sobald man den Keller verließ.

Aber ich habe schon einmal überlebt. Kit war der Einzige gewesen, der sich befreien konnte. Könnte er ein zweites Mal Glück haben? Wenn er eine Chance zum Kämpfen bekäme, könnte er das Blatt wenden.

Leider hatten sie ihn seit seiner Gefangennahme nicht gefüttert. Es hatte auch keine Flüssigkeitszufuhr gegeben. Und die gute Nachricht? Er war mit der Zeit schärfer geworden, weil die Drogen in seinem Körper nachließen. So wusste er alles, auch die Identität der neuen Gefangenen, die in den Keller gebracht worden waren – Luna, Darian und Hammer, der mit seinen stämmigen Schultern kaum in seinen Käfig passte.

Der Letzte von ihnen war Lochlan gewesen, der lauter schnarchte als der Rest.

Alle standen unter Drogen. Opfer eines Überfalls, von dem sie nichts geahnt hatten.

Nur eine Person war nicht erschienen.

Diejenige, die Kit am dringendsten sehen musste. *Wo bist du, Penny?*

Als die Wachen die Treppe hinaufgingen, kippte sein Käfig so, dass sein Kopf nach unten hing. Die Oberseite seines Schädels drückte gegen die Gitterstäbe aus leichtem Metall, die aber immer noch zu stark waren, als dass er sie hätte verbiegen können. Die Männer erreichten das Hauptgeschoss des Hauses und gingen durch die Küche, deren riesige Theke leer war, in einen zweistöckigen großen Raum, in dem eine Party in vollem Gange war. Dort fand Kit seine Gefährtin. Zielsicher steuerte sein Blick auf seine weiß gekleidete Penny, deren Augen geschlossen waren, während ihr Kopf zur Seite hing. Sie war betäubt und schlief auf dem Stuhl, auf dem sie abgelegt worden war.

Nein. Er wurde zornig, wütend und weinte innerlich ein wenig. War sie verletzt worden? Das war seine Schuld.

Die Schuldgefühle währten nur einen Moment. Solange er lebte, gab es noch eine Chance. Aber nur, wenn er seine Gefühle im Zaum hielt und aufpasste.

Die Partybesucher, alles Männer, trugen Kampfhosen und Tarnhemden. Insgesamt waren es zehn.

Einige hielten Bierflaschen in der Hand, andere trugen Gläser, in denen sich Alkohol auf Eis befand. Er erinnerte sich an das letzte Mal, als er in der Gefangenschaft des Jägers gewesen war, damals war er nicht einmal ein Drittel so groß wie heute gewesen. Er hatte Angst gehabt, als die fremden Männer an ihm herumstocherten und seine Leine weiterreichten.

Diesmal konnten sie ihn nur ansehen. Ihre Gesichter waren anders als die, an die er sich erinnerte, aber ihre Worte und ihre Aufregung waren ihm vertraut. Alle waren begierig auf die Jagd.

Wen sie wohl jagen würden?

Ein Messer klirrte gegen ein Glas, als ein Mann um ihre Aufmerksamkeit bat. »Haltet mal kurz den Mund. Ich möchte eine Rede halten.«

»Halt die Klappe, Lemongrass.«

»Musst du das?«, schimpfte ein anderer.

Lemongrass neigte sein Doppelkinn. »Ja, muss ich, Potvin, denn ich möchte unserem Gastgeber für diese tolle Gelegenheit danken. Ich hatte noch nie die Gelegenheit, einen Gestaltwandler zu jagen, aber mein Vater schon. Er hat es geliebt. Er nannte es den ultimativen Rausch. Und heute werde ich verstehen, warum er sie so gern gejagt hat. Also, danke, Gerard.«

»Gern geschehen.« Gerard, der in seinem Tarnanzug aalglatt und pompös aussah, nahm das Lob gelassen entgegen.

»Ein Toast auf das Töten der Monster, die es

wagen, unter uns zu leben!«, rief Potvin, dessen rote Wangen kein Zeichen von guter Gesundheit waren.

»Und auf unseren Gastgeber Gerard, der uns das ermöglicht hat.« Lemongrass hob sein Glas. »Prost.«

Gerard trank jedoch nicht, sein scharfer Blick fiel auf alles und jeden, nur nicht auf Kit. Als wäre er nicht wichtig.

Ein Machtspiel, das ihn als Kind erschreckt hatte, aber als Mann durchschaute er es sofort. Gerard konnte so viel Selbstvertrauen versprühen, wie er wollte, bei dieser Show ging es darum, seine Unterlegenheit zu bekämpfen. Im Innersten des Jägers fürchtete er sich. Das taten sie alle.

Wenn man den Anführer ausschaltete, würden wahrscheinlich auch die anderen zusammenbrechen.

Während die Männer ihren Alkohol schlürften und sich vor Aufregung überschlugen, starrte Kit Penny an. Er versuchte, sie dazu zu bringen, sich zu bewegen. Drogen wirkten bei Werwölfen nicht so wie bei Menschen. Aber Gerard, derselbe Mann, der seine Penny einst gequält hatte, wusste, wie man bei jemandem mit ihrem Stoffwechsel dosieren musste.

Bestes Beispiel: Kit, wach für die Show.

»Wie soll sich dein, äh, Exemplar verwandeln, wenn kein Vollmond ist?«, fragte ein mickriger, nervöser Kerl und schob sich die Brille höher auf die Nase.

»Ich bin froh, dass du fragst.« Gerard lächelte. »Werwölfe gibt es schon sehr lange. So lange, dass unsere Vorfahren Methoden entwickelt haben, um mit ihnen umzugehen. Einige dieser Methoden sind verloren gegangen, denn nachdem wir sie fast ausgerottet hatten, geriet das Wissen in Vergessenheit. Aber durch umfangreiche Nachforschungen habe ich Bruchstücke dieser Methoden gefunden. Ich habe gelernt, wie ich ihren Geruch nachahmen kann, um sie herauszulocken. Ich habe sogar herausgefunden, wie ich meinen eigenen Geruch verbergen kann. Es gibt nichts Lustigeres, als sich mit Anti-Duft zu übergießen und sich dann an einen heranzuschleichen.« Gerard lächelte verschmitzt und verschwörerisch. »Mein ganzer Stolz ist jedoch das Pulver, das ihr gleich in Aktion sehen werdet. Seht genau hin, meine Herren.«

Alle Blicke richteten sich auf Gerard, als er sich Kits Käfig näherte, ein Grinsen auf den Lippen. Er ging in die Hocke. »Glückspilz. Ich werde dich jetzt rauslassen. Und dann zähle ich sogar bis zehn, um dir einen Vorsprung zum Rennen zu verschaffen, bevor ich diese eifrigen Jungs auf dich loslasse.«

Kits Lippe kräuselte sich. »Scheiß auf das Rennen. Ich werde dich töten.«

»So vorhersehbar und falsch. Du wirst rennen. Du wirst nicht anders können, weil du nicht du selbst sein wirst. Ein interessanter Nebeneffekt, denn die Droge bringt das Ursprüngliche in dir zum Vorschein. Und du sollst wissen, dass ich, während du um dein Leben rennst, hier sein werde, um deine Freundin zu vögeln, auch wenn sie unfruchtbar ist, denn ich weiß, dass dich der Gedanke daran verrückt machen wird.«

Damit hatte Gerard recht. Kit zitterte vor Wut. »Du wirst sterben. Langsam. Schmerzhaft.«

»Und das, meine Herren, sind seine letzten Worte.« Gerard stand auf und streckte seine Hand aus, um eine Tüte zu leeren.

Dem harmlos aussehenden Pulver konnte er nicht ausweichen. Es gelangte auf seine Haut. Auf seine Wimpern. Auf seine Lippen. In seine Nase. Der fein gemahlene Staub drang in sein Fleisch ein.

Zuerst kitzelte es, aber er ignorierte es einfach, um Gerard zu beobachten. Das Knarren des Metalls folgte dem Gleiten und Drehen des Schlüssels im Vorhängeschloss seines Käfigs. Kit machte sich bereit zuzuschlagen.

Seine Haut begann, dort zu jucken, wo sich das Pulver abgesetzt hatte. Es war lästig. Außerdem wurde es ignoriert.

Die Tür seines Gefängnisses schwang auf und Kit stieß sich vorwärts, um dann zu fallen, als ein brennendes Gefühl ihn durchzuckte.

Bevor er anfangen konnte zu schreien, hörte er Gerard sagen: »Meine Herren, wer ist bereit für die Jagd?«

KAPITEL FÜNFUNDZWANZIG

Das Hämmern in Lunas Kopf kam nicht nur von der Schlafdroge, sondern auch von der Scham, weil sie versagt hatte.

Sie hatte es nicht nur nicht geschafft, Kit zu retten – und damit ihr Versprechen gebrochen, ihn immer zu beschützen –, sie hatte es auch nicht bis zu Penelope zurückgeschafft. Sie hatte sich gründlich verkalkuliert und sie alle in eine Falle gelockt.

Ihre Schuld. Eine Zeit lang hatte sie den Verdacht gehabt, dass im Lykosium etwas faul war, aber sie war der Sache nicht nachgegangen, weil sie nicht herausfinden konnte, woher die Fäulnis kam. Aber als Penelope in das Loch im Boden gefallen war, was auf eine Vorbereitung seitens des Jägers hindeutete, wurde Luna klar, dass sie reingelegt worden waren.

Sie hatte es nie in den Wald geschafft. Männer ohne Geruch waren hinter den Büschen hervorgetreten und hatten mit Betäubungsgewehren auf sie gezielt. Sie hatten geschossen, bevor sie eine Warnung aussprechen konnte.

Verraten, denn die Formel zur Maskierung des Geruchs war ein streng gehütetes Lykosium-Geheimnis.

Beruhigt wie ein Tier, war Luna als Gefangene aufgewacht. Im Gegensatz zu den meisten anderen Gefangenen war Luna nicht in einem Käfig gelandet, denn anscheinend waren sie ihnen ausgegangen. Zehn Käfige, zehn Gefangene, einschließlich ihrer neuen Begleiter. Sie witterte Darian und Hammer und auch Kit. Und einen weiteren, der ebenfalls in Ketten lag, aber den ignorierte sie erst einmal.

Von Penelope jedoch keine Spur. Das verhieß nichts Gutes, denn trotz der Drogen erinnerte sie sich vage an eine männliche Stimme, die sagte: *Sie ist zu alt, um für die Zucht nützlich zu sein. Das habe ich bei der letzten überalterten Hündin gelernt, die ich versucht habe.*

Unhöflich. Sie hatte noch viele gute Jahre zum Gebären. Okay, vielleicht eines. Keine. Scheiß auf ihn. Luna war damit beschäftigt gewesen, den Werwölfen zu dienen und sie zu retten. Außerdem hatte sie mit Kit einen wunderbaren Sohn großgezogen.

Ein Junge, den sie im Stich gelassen hatte, da die Quelle seiner Albträume zurückgekehrt war. Zu ihrer Verteidigung, sie hatte versucht, die Person zu finden, die Kit und seine Familie gefangen und gefoltert hatte.

Sie hatte versucht, die Person ausfindig zu machen, die die Hütte gemietet hatte, aber ohne Erfolg. Aus den Unterlagen ging hervor, dass sie von einer Briefkastenfirma gemietet und von vielen ihrer Angestellten genutzt wurde.

Da sie mit einem Kind und ihren Pflichten als Vollstreckerin beschäftigt war, hatte sie nicht so tief gegraben, wie sie es hätte tun sollen. Ein Fehler in Anbetracht der aktuellen Umstände. Die verdammte Vergangenheit kam zurück, um sie zu beißen.

Neben ihr regte sich ein grauhaariger Mann. Lochlan vom Feral Pack. Seine frühere Herkunft war unbekannt, bevor er in Nord-Alberta landete. Seltsam und im Moment keine Priorität. Fliehen schon.

Die Ketten um ihre Hand- und Fußgelenke klapperten, als sie sich bewegte. Sie lagen eng an der Haut an und waren in die Wand eingelassen. Die Ketten waren verschweißt und zu dick, um sie zu durchbrechen. Aber wenigstens war sie nicht in einem Käfig gefesselt. Ihr Herz schmerzte und ihre Wut kochte, weil ihre Artgenossen so schrecklich behandelt wurden.

Lochlans Augen öffneten sich und er sah sie unverwandt an. »Ich nehme an, du hast keine Metallsäge?«

Die trockene Frage überraschte sie. »Nein.«

»Ich auch nicht.« Er blickte auf seinen nackten Körper hinunter. Ein schöner Körper. »Ich hasse es, angekettet zu werden.«

Sie versuchte, bei seiner Antwort nicht zu blinzeln.

Ein interessanter Kerl. Sie würde sich diesen Mann genauer ansehen müssen, sobald sie hier rauskamen.

Falls sie hier rauskamen. Im Moment sah es nicht besonders gut aus.

Lochlan zog an seinen Ketten, die so kurz waren, dass er seine Arme nicht ganz ausstrecken konnte.

»Sie sind in Zement gefasst«, sagte sie.

»Natürlich sind sie das.« Er beugte sich vor und stöhnte, als er sich anspannte. Der große Mann wurde irgendwie noch größer, seine Muskeln, die Sehnen in seinem Nacken und die Adern in seinen Armen traten vor.

Knall. Die Kette auf seiner linken Seite riss.

Die rechte Seite brauchte weniger Anstrengung, da er sie mit der freien Hand umfassen konnte. Er zerrte mit einem Ruck und seine Anstrengung machte sich bezahlt, als er seinen anderen Arm befreite. Die baumelnden Ketten klirrten, als Lochlan sich dehnte und streckte.

»Beeindruckend«, kommentierte sie, und sie meinte damit nicht nur seine Kraft. Der Mann hatte einen guten Körperbau und eine interessante Linie aus silbernem Fell auf der Brust.

»Nicht wirklich. Wohl eher zu viele Schwünge mit der Axt, um den Holzstapel zu füllen.« Er spielte die Leistung herunter, die nicht viele für sich beanspruchen konnten. »Zeit für die Beine.«

Seine Knie waren bereits gebeugt, um sich den kurzen Ketten anzupassen. Er packte eine Fußfessel und brach sie, dann die nächste. Entfesselt stand er auf und streckte sich über ihr, ein wahrhaft großer Mann, der auch noch gut aussah, wenn man sie rau mochte – und das tat sie. Daran hatte Luna schon seit Jahren nicht mehr gedacht. Es war schwer, nicht an Sex zu denken, wenn sein Schwanz herausihng und sein Waschbrettbauch verlockend war.

Würde er es weich und sanft oder rau und schweißtreibend mögen?

Jetzt war nicht der richtige Zeitpunkt, um sich plötzlich daran zu erinnern, dass sie zwar in ihren Fünfzigern war, aber immer noch eine Frau. Luna hielt ihm ihre Handgelenke hin. »Wenn es dir nichts ausmacht.«

»Ich denke, das sollte ich vielleicht nicht, denn du scheinst Ärger anzuziehen.«

»Wie kommst du darauf?«, war ihre säuerliche Antwort.

»Dieser Ort brauchte mehr als nur eine Handvoll von uns, die angreifen.«

»Wir sollten nicht angreifen, sondern zurückholen«, brummte sie. Sie wollte nicht zugeben, dass sie ihren Feind unterschätzt hatte, weil es ihr an Informationen mangelte. Oder hatte jemand absichtlich wichtige Informationen weggelassen, in der Hoffnung, sie hierherzulocken?

Lochlan schaute sich im Keller und in den Käfigen um, in denen Leute eingesperrt waren. *Ihre* Leute, auch wenn viele von ihnen Fremde waren. »Dieser

Scheißkerl hat ein ganz schönes Unternehmen am Laufen. Wie zum Teufel konnte er so lange unentdeckt bleiben?« Er warf ihr einen anklagenden Blick zu.

Sie wollte ihm eine scharfe Erwiderung auf seine Kritik geben, aber er hatte nicht ganz unrecht. So etwas hätte nicht möglich sein dürfen. Das Lykosium existierte, um so etwas zu verhindern. Doch ohne Kits Nachforschungen hätten sie es nie erfahren.

Die Möglichkeit, dass es einen Verräter im Rat gab, der die Taten dieses Verrückten verheimlichte, hinterließ einen sauren Geschmack in ihrem Mund.

»Du bist nicht der Einzige, der sich fragt, wie das passiert ist. Aber können wir uns die Anschuldigungen für später aufheben?« Sie hielt ihre Handgelenke hoch. »Lass mich frei, damit wir etwas dagegen tun können.«

»Ich bin immer noch nicht überzeugt, dass das eine gute Idee ist.«

»Betrachte es als einen Befehl des Lykosiums.«

»Ich hätte nicht gedacht, dass du dich so aufspielen würdest.« Er ging in die Hocke und griff nach einer Kette rechts von ihr.

»Ich hätte nicht gedacht, dass du so gesprächig bist.«

Er grunzte und zerrte. *Knall. Knall.* Erst die Handgelenke, dann die Knöchel. Er befreite sie und murmelte: »Was jetzt, oh mächtiges Ratsmitglied?«

»Hol alle aus den Käfigen und mach sie bereit zur Flucht. Ich werde nach einem Ausweg suchen.«

Auf ihren Vorschlag hin schnaubte er. »Wie wäre es, wenn ich spioniere und du die rettende Heldin spielst?«

Sie beäugte ihn. »Ein großer nackter Mann fällt vielleicht ein bisschen mehr auf als ich.«

Wieder gab er einen spöttischen Laut von sich. »Als würdest du dich mit deinen Augen und deiner Haltung besser einfügen.«

»Was soll das denn heißen? Hast du ein Problem mit selbstbewussten Frauen?«

»Ich habe ein Problem damit, wenn man Leute in Situationen hineinzieht, auf die sie nicht vorbereitet sind.«

»Und was hättest du anders gemacht?«

»Ich hätte den Wagen viel früher stehen lassen. Ich wäre zu Fuß und mit Waffen reingekommen. Ich hätte einen Scharfschützen in einem Baum postiert und jemanden losgeschickt, um die Wachen herauszulocken.«

»Das sagt ein ehemaliger Soldat.«

»Ein immer noch lebender Soldat. Du, als ehemalige Vollstreckerin, hättest es besser wissen müssen, als ohne Verstärkung zu kommen.«

»Du und die anderen sollten für sie sorgen.«

Er starrte sie an. »Ernsthaft? Drei untrainierte Zivilisten – eine von ihnen leidet unter einer posttraumatischen Belastungsstörung und ist mit der Zielperson, die wir retten sollen, verpaart – sind deine

Vorstellung von Verstärkung? Diese Operation hätte ein komplettes Vollstrecker-Team verdient.«

»Es waren keine verfügbar«, murmelte sie.

»Was meinst du mit *Es waren keine verfügbar*? Was zum Teufel machen die denn, was wichtiger ist?«

»Erstens arbeiten nicht so viele für uns, wie du denkst. Nicht mehr. Ihre Zahl ist in den letzten Jahren geschrumpft.« Fluktuation, Unfälle. Früher wäre das eine große Sache gewesen, aber heute konnten die meisten Angelegenheiten elektronisch erledigt werden. Ein Großteil ihrer Arbeit bestand darin, Videobeweise, Tweets und Blogs zu löschen und, wenn das nicht funktionierte, den Urheber zu diskreditieren.

»Du hattest genug, um ein Team auf Samuel anzusetzen, als er Rok und Meadow auf der Farm angriff.«

»Das hatte ich.« Dann etwas leiser: »Dieses Team, mit Ausnahme von Kit, ist seitdem verschwunden.« Jetzt war wahrscheinlich nicht der richtige Zeitpunkt, um das zuzugeben. »Sie wurden zuletzt in dieser Gegend gesehen.«

»Verdammte Scheiße, Lady, willst du mich verarschen?« Lochlan blinzelte. »Und das sagst du erst jetzt?«

»Ich wusste nicht, wem ich vertrauen konnte.«

»Also hast du stattdessen niemandem vertraut und uns alle verarscht.«

»Ich habe getan, was ich für das Beste hielt.« Sie versuchte, ihre Verärgerung zu zügeln. Sie mussten schnell handeln, wenn sie Kit retten wollten. Sie konnte ihn in diesem Raum riechen. Er war hier gewesen, ein leerer Platz zwischen den Käfigen war ein unheilvolles Zeichen.

Während Lochlan sich aufmachte, um die Lage zu erkunden, bewegte sie sich zwischen den Gefangenen. Sie klammerten sich an die Gitterstäbe ihrer Käfige und flehten leise, während sie die Vorhängeschlösser begutachtete. Sie würde etwas brauchen, um sie zu öffnen. In einem Werkzeugkasten fand sie einen Schraubenzieher, mit dem sie die Schlösser aufdrehte.

Ein paar Bewohner reagierten nicht sofort auf ihre Freiheit. Andere schlüpften leise aus ihren Käfigen und kauerten verunsichert auf dem Boden. Nur einer, ein Vollstrecker, den sie erkannte und für verloren gehalten hatte, nickte und murmelte: »Danke.«

Sie hatte keine Antwort, denn sie hatten offensichtlich zu lange gebraucht, um zur Rettung zu kommen, denn Harry war der Einzige, der von seiner Gruppe übrig war. Er schnappte sich ein Werkzeug, um ihr mit den restlichen Käfigen zu helfen, und mit zwei weiteren Helfern waren bald alle befreit.

Langsam versammelten sich die Überlebenden in einer Gruppe hinter Luna, als Lochlan zu ihnen stieß, um seine Erkenntnisse zu berichten. Obwohl er nackt blieb, schien er sich unter den anderen wohlzufühlen. Luna war diejenige, die sich in ihrer Kleidung auffällig vorkam.

»Wir müssen die Treppe hoch und durch das Haus gehen.«

»Das klingt nicht ideal«, sagte sie.

»Es ist der einzige Weg nach draußen. Die meisten werden nicht durch die Fenster passen, selbst wenn wir die Gitterstäbe entfernen könnten. Ganz zu schweigen davon, dass wir beim Rausklettern leichte Beute wären.«

Luna warf einen Blick auf die Treppe und zog eine Grimasse. »Also Frontalangriff.«

»Wir werden uns verwandeln. Das wird uns schneller machen«, schlug einer der ehemaligen Gefangenen vor.

»Ausgezeichnete Idee. Diejenigen, die sich stark genug fühlen, übernehmen die Führung, vielleicht tun sie sich mit jemandem zusammen, der Schwierigkeiten hat.« Sie schlug es vor, denn sie wusste, dass kein Werwolf zurückgelassen würde.

»Wenn wir auf vier Beinen gehen, was ist dann mit den Türen?«, fragte jemand.

»Ich bleibe so und kümmere mich um alles, wofür man Finger braucht.« Wenn sie sich zu oft verwandelten, würden diejenigen, die sie freigelassen hatte, zusammenbrechen. Der Körper konnte nicht alles tun.

»Sind alle bereit?«, fragte Lochlan. Seine kompetente Ausstrahlung wirkte ansteckend. Ein paar weitere Körper richteten sich auf. »Sobald wir im Hauptgeschoss sind, nehmt den nächsten Ausgang und geht in den Wald. Rechnet mit Widerstand. Versucht, daran vorbeizukommen, wenn ihr könnt.

Etwa einen Kilometer südlich von hier findet ihr einen Wagen mit etwas Ausrüstung.«

Ein paar der Leute verwandelten sich.

»Weglaufen?«, murmelte jemand.

»Das nennt man am Leben bleiben«, war Lunas Antwort.

»Wie lange noch, wenn dieser Wichser uns weiter jagt?«, schnauzte eine Frau mit blauen Flecken, die Luna persönlich verletzten.

»Und wenn wir kämpfen wollen?«, bot Harry an.

»Ich weiß nicht, mit wie vielen wir es zu tun haben werden. Ich muss dir nicht sagen, dass sie bewaffnet sind. Gefährlich. Tödlich.«

»Das sind wir auch.« Die Kleinste von ihnen, ein Mädchen im Teenageralter, trat vor. »Dieses Mal werde ich nicht zögern zu töten.«

»Tötungsbisse oder nichts«, sagte ein anderer.

»Wir müssen sie aufhalten.«

Weiteres Gemurmel erhob sich.

Luna ließ den Blick über die Gruppe der hageren Gesichter schweifen. Diese Leute waren schmutzig und verängstigt. Aber auch mutig und entschlossen. Und sie wussten, dass sie vor dieser Bedrohung nicht einfach davonlaufen konnten.

Es gab nur eine Sache, die sie sagen konnte. »Möge der Mond in dieser Nacht hell auf eure Rache scheinen«, zitierte sie, ohne sich an den Autor oder die genauen Worte zu erinnern, aber sie liebte das Gefühl.

»Kämpfen. Kämpfen.« Der sanfte Gesang verursachte ihr Gänsehaut und die Luft zitterte, als sie sich alle zu bewegen begannen. Mit dieser Veränderung kehrte auch etwas von ihrem Schwung zurück.

Luna nährte es. »Ihr seid Werwölfe. Es gibt niemanden, der mächtiger ist als wir. Keiner ist stärker. Schneller. Klüger.« Ihre Stimme wurde leiser. »Und wenn einer bedroht wird ...«

Lochlan, der Letzte, der noch stand, sah ihr in die Augen, als er sagte: »Schalten wir sie aus.« Gleich nach diesen Worten verwandelte er sich in ein großes Exemplar aus Silber und Dunkelgrau. Wunderschön. Sie behielt ihre Hände jedoch für sich. Streicheln war intim und sollte nicht beiläufig geschehen.

Er allein ging an ihrer Seite, als sie die Stufen hinaufstieg. Bei jedem Knarren zuckte sie zusammen. Sie beobachtete die Tür und hoffte, dass sie nicht plötzlich von Kugeln durchlöchert werden würde. Sie schaffte es bis zum obersten Treppenabsatz. Sie legte ihre Hand auf den Knauf und drehte ihn.

Die Tür öffnete sich und zeigte ihr einen Wachmann mit gesenktem Gewehr. »Hände hoch«, begann er zu sagen, aber seine Augen weiteten sich, als er sah, wer an ihr vorbeigeschlüpft war. Das Gewehr senkte sich, als Lochlan sich auf die Knöchel stürzte, und es war gut, dass er sie hart traf. Ein Schuss flog harmlos über seinen Kopf. Der Soldat ging zu Boden. Es brauchte nicht viel, um sicherzustellen, dass er nie wieder aufstehen würde, und er starb freundlicherweise, ohne eine Warnung auszusprechen.

Erleichterung erfüllte sie. Jetzt hatten sie eine Chance.

Sie warf einen Blick zurück auf die Treppe voller Wölfe und sagte: »Ausrücken.«

Eine pelzige Flut strömte in die Küche und teilte sich in Paare auf, Harry und sein Partner gingen zur Treppe, der Rest zur Tür nach draußen. Die Kücheninsel verbarg den Großteil ihrer Aktivitäten, denn es schien niemand in Sicht zu sein. Luna blieb bei den Schränken stehen und tat ihr Bestes, um nicht zusammenzuzucken, als sie ein Horn hörte.

Die Jagd begann. Eine Jagd auf ihren Sohn Kit. Als die letzten Wölfe flohen, trat sie ins Freie, Lochlan an ihrer Seite, bereit, sich den anderen anzuschließen. Doch dann bemerkte sie jemanden in der hinteren Ecke des großen Raumes gegenüber der Küche. Als sie näher kam, schaute sie sich kurz in dem zweistöckigen Raum um, der mit aufgehängten Tierköpfen geschmückt war. Dann sah sie die bewusstlose Penelope und über ihr den Mann, den Luna vor so langer Zeit hätte töten sollen.

Um ihn abzulenken, murmelte sie: »Du musst Gerard sein. Ich glaube, wir kennen uns noch nicht.«

Er wirbelte herum und zog überrascht eine Augenbraue hoch. »Wenn das nicht die alte Schlampe aus dem Keller ist.«

»Es war ein großer Fehler, meine Leute zu verfolgen«, sagte sie, als sie den Raum betrat und, ohne hinzusehen, bemerkte, dass Lochlan sie auf der linken

Seite flankierte. Sie konzentrierte Gerard auf sich. »Ich habe jemand Beeindruckenderes erwartet.«

Er lachte. »Glaubst du, dass ich plötzlich in einen Wutanfall gerate und etwas Dummes tue, das mich umbringt, während du mich schlecht beleidigst?« Sein wilder Blick spottete über diese Vermutung. »Ich töte deinesgleichen schon seit dreißig Jahren. Es fing mit Tristans Familie an, um genau zu sein. Ich habe einen Wolf in einer Falle gefangen, aber siehe da, er war nicht nur ein Wolf. Stell dir meine Freude vor, als er mir von seiner Fuchsfrau und seinen Kindern erzählte, um sein Leben zu retten.«

Sie hätte würgen können. »Du hast die Kinder getötet.«

»Kinder. Mütter. Väter. Ich versuche, keine Unterschiede zu machen.« Sein breites Lächeln machte sie krank.

»Warum?«, flüsterte sie.

»Weil ich es kann.«

Die Antwort eines Monsters, das kein Gewissen hatte. »Jemand hat dir geholfen.« Das stellte sie als Tatsache fest. Nachdem er die Fuchsfamilie getötet hatte, hatte er offensichtlich noch andere gefunden.

Er bestätigte das. »In der Tat, das hat jemand. Genau der Mann, der seinen Sohn verraten hat. Wusstest du, dass er jetzt in deinem kostbaren Rat sitzt? Wie fühlt es sich an zu wissen, dass jemand, der dir nahesteht, dich verraten hat?«

Jetzt war er an der Reihe zu versuchen, sie abzulenken. Die Enttäuschung über ihre Art war groß. Der Mann, der sie verraten hatte, würde mit seinem Leben bezahlen. Nachdem sie sich um dieses Monster gekümmert hatte. »Wer ist der Vater?« Sie hatte es nie herausfinden können.

»Sag mir nicht, dass das mächtige Ratsmitglied es nicht weiß«, spottete er, immer noch unerschrocken. Er hatte eine Hand in seiner Tasche. Griff er nach einer Waffe?

»Ganz schön eingebildet für einen Mann in einem Raum mit mehreren Werwölfen«, bemerkte sie. Hatte er eine Waffe? Mit einem Messer konnten sie leicht umgehen.

»Ich weiß, wie man eure Art kontrolliert.« Er zog seine Hand heraus, in der er einen kleinen Beutel mit Kordelzug hielt.

Das Leder des Beutels blockierte seinen Geruch. »Ist das alles, was du hast?«, spottete sie.

»Das ist alles, was ich –«

Lochlan stürzte sich auf ihn, ein Sprung, der eigentlich funktionieren sollte, aber Gerard war vorbereitet. Mit der anderen Hand schleuderte er Lochlan ein Pulver ins Gesicht, dasselbe Schlafmittel, das sie zuvor außer Gefecht gesetzt hatte.

Der große Wolf fiel auf den Boden, schläfrig, nicht ganz bewusstlos, aber für den Moment nutzlos.

Mit angehaltenem Atem sprintete Luna auf Gerard zu, der sich gerade noch rechtzeitig umdrehte, um den Inhalt des Lederbeutels auszukippen. Das

Pulver hing in der Luft, als sie hindurchging. Sie wollte es nicht einatmen, aber es kitzelte in ihrer Kehle und sie schnappte nach Luft. Es erfüllte sie, ein brennender Staub, der erst in ihre Lunge und dann in ihre Venen drang.

Sie schrie.

Und schrie und schrie, denn es tat weh, als die Bestie, die sie normalerweise unter Verschluss hielt, sich ihren Weg nach draußen bahnte.

KAPITEL SECHSUNDZWANZIG

Eine verschwommene Wolke füllte Poppys Kopf, bis sie den Schrei hörte, einen nicht enden wollenden Schmerzensschrei, der in einem schrecklichen Heulen endete.

Sie riss die Augen auf und sah einen Albtraum. Das Monster, ein Ding mit geifernden Zähnen und gewaltigen Klauen, hatte einen gezackten Rücken und einen peitschenden Schwanz. Ein Wolf, aber nicht die Art, der sie jemals begegnet war.

Poppy hätte geschrien, wenn sie nicht befürchtet hätte, dass ein Atemzug seinen schrecklichen Blick auf sich ziehen würde. Stattdessen trieb ein Fluchtinstinkt sie dazu, zur Gartentür zu laufen. Der Griff gab nach, als sie ihn drehte und schob, und entließ sie in die Nachtluft. Als sie aufblickte, sah sie, dass die Morgendämmerung bereits im Anmarsch war. Ein Horn in der Ferne kündigte den Ruf zur Jagd an.

In der Ferne sah sie Männer auf Pferden, die den Hunden hinterherritten, die aufgeregt bellten, als sie einen roten Blitz in den Wald jagten.

Rot.

Rot?

Fuchs.

Kit.

Ihr träger Verstand stellte die Verbindung her, und so lief sie ebenfalls hinterher, wobei sich ihre Beine in dem Kleid verhedderten, an das sie sich nicht erinnern konnte, es angezogen zu haben. Das dumme Ding war ihr im Weg.

Dann war es nicht mehr da. Sie rannte auf vier sicheren Pfoten, mit geschärften Sinnen, da die Droge langsam nachließ. Hinter ihr hörte sie einen überraschten Schrei und das Geräusch von abgefeuerten Schüssen.

Hoffentlich ist Gerard derjenige, der erschossen wurde. Eine Sekunde lang stolperte sie und blieb stehen. Sie drehte sich um und blickte in Richtung des Hauses. Sie war weggelaufen, um einem Wolfsmonster zu entkommen, und hatte ein menschliches Monster zurückgelassen. Sie musste dafür sorgen, dass Gerard starb.

Das Bellen von Hunden erregte ihre Aufmerksamkeit. Sie blickte in die Richtung, in die Kit geflohen war. Er war wichtiger.

Sie rannte los und sprang über Spurrillen und Äste. Sie stolperte erst, als auf ein scharfes Aufjaulen

Stille folgte. Dann brach ein Heulen aus, ein paar Knurrlaute und ein Wutschrei, der ihr die Nackenhaare aufstellte.

Das nächste Heulen war von Schmerz durchdrungen. Aber es war erkennbar. Ihr Gefährte war verletzt. Sie musste ihn finden.

Sie sprintete durch den Wald und suchte. Der nächste Schrei kam von einem sterbenden Menschen und er dauerte lange genug an, dass sie die Panik in dem unregelmäßigen Hufgetrappel hörte.

»Nein. Nein. Neeein.« Der letzte Schrei klang sehr nahe und sie hätte schwören können, dass sie Blut roch.

Sie hielt inne und wartete darauf, dass das Donnern näher kam. Sie bemerkte den wilden Blick hinter der Brille, als der Jäger auf sie zustürmte. Mit einer Hand hielt er die Zügel, mit der anderen zielte er mit einem Gewehr.

Es wurde nicht abgefeuert. Eine große rote Gestalt sprang aus dem Wald und der Mann ging so schnell zu Boden, dass er keinen Laut von sich gab, bevor er starb.

Das reiterlose Pferd lief vorbei und sie wartete.

Der große rote Mischling richtete sich auf, eine echte Mischung aus Fuchs und Wolf, die Unterschiede waren subtil und deutlich zugleich – die schmalere Schnauze, die rötliche Farbe seines Fells. In ihren Augen war er wunderschön.

Und sie würde ihm zeigen, wie schön, aber zuerst ...

Yip. Sie sprach zu ihm.

Er legte den Kopf schief und entblößte einen Reißzahn. *Yap.*

Sie hörten eine Stimme in der Ferne. Er sah sie an und neigte den Kopf, eine fragende Geste: *Sollen wir?*

In der Tat, das sollten sie. Mit anderen im Pelz jagten sie im Morgengrauen, bis die Jäger verschwunden waren. Und *verschwunden* bedeutete vermutlich, dass sie nie gefunden würden, denn Kit wusste, wo sie die Leichen abladen sollten. Es war derselbe Ort, den Gerard wahrscheinlich schon einmal benutzt hatte, eine Schlucht, die sich immer weiter vertiefte. Nicht dass sie geblieben wären, um sich an den Aufräumarbeiten zu beteiligen. Ein Jäger war noch übrig.

Gerard hatte eine blutige Spur hinterlassen. Er versuchte wegzufahren, aber er kam nicht weit, weil Kit ihn von der Straße abbrachte, indem er heraussprang, als er die Scheinwerfer sah.

Trotzdem gab Gerard nicht auf. Er stürzte aus dem Wagen, mehr Fleisch als Mensch, eine Seite seines Gesichts und Körpers voller Blut. Sein Arm hing schlaff herunter, abgekaut und nutzlos. Trotzdem weigerte sich der Mann aufzugeben und humpelte in den Wald.

Es machte Freude, sich langsam an ihn heranzupirschen, zu wissen, dass er nicht entkommen konnte, seine Angst zu riechen.

Poppy verwandelte sich und sagte: »Du gehst so

schnell? Aber die Jagd ist noch nicht zu Ende. Es fehlt nur noch einer.«

Gerards Angst stieg ins Unermessliche und er wirbelte herum, um ihr ins Gesicht zu sehen, während er heulte. »Nicht. Bitte. Ich werde dir alles geben.«

»Kannst du mir meine Gebärmutter zurückgeben? Kits Familie? Meine Mutter? Das Leben derer, die du getötet hast?«, zischte sie.

»Ich –«

Sie hatte keine Verwendung für Ausreden. Sie stürmte auf ihn zu und er fiel auf den Rücken. Seine eine gute Hand hob er mit einer Waffe. Ausgerechnet *ihrer* verdammten Waffe.

Seine Hand zitterte, als er zielte. Schoss. Und verfehlte. Sie riss ihm die Waffe aus dem Griff und drückte ihm den Lauf an die Stirn, bevor sie sie feuerte. Er war auf der Stelle tot, aber sie feuerte trotzdem eine weitere Kugel ab. Doppelter Schuss.

Diesmal sorgte sie dafür, dass er nie mehr zurückkommen würde.

KAPITEL SIEBENUNDZWANZIG

Kit erinnerte sich nicht an viel, nachdem er gezwungen worden war, sich zu verwandeln, außer dass es um Tod und Blut ging. Nicht seines oder das seiner Artgenossen. Er hatte Menschen gejagt. Und er hatte es genossen, besonders den Teil, in dem seine Gefährtin sich mit ihm verbündet hatte.

Gemeinsam hatten er und Penny die Bedrohung für sie und ihre Leute beseitigt. Sie machten die Welt zu einem sichereren Ort. Sie beendeten eine Ära von Schmerz und Leid.

Gerard würde dieses Mal nicht wieder ins Leben zurückkehren.

Er verwandelte sich zurück und schwankte, nicht nur wegen der Erschöpfung. Es war wirklich vorbei.

Penny fing seinen torkelnden Körper auf. »Kit!«

Er umarmte sie und vergrub sein Gesicht in ihrem Haar. In dem Käfig hatte er gedacht, dass er sie nie wieder in den Arm nehmen könnte. »Gott sei Dank bist du in Sicherheit. Bitte sag mir, dass er dir nicht wehgetan hat.« Er roch zwar keine Verletzungen, aber trotzdem …

»Mir geht's gut. Du hingegen siehst nicht so gut aus.«

»Ich bin in Ordnung. Ich bin nur hungrig und müde.«

»Oh nein. Das H-Wort ist in meiner Gegenwart nicht erlaubt. Niemals. Nein.« Sie schüttelte den Kopf.

War es falsch, das zu sagen? Oder war es das Richtige? Denn seine Gefährtin schaffte es nicht nur, dass er in einen Bademantel gehüllt auf einem Küchenstuhl saß, sondern sie begann auch zu kochen.

Irgendwie kam eine Suppe heraus, eine dünne Brühe für den Anfang, die, nachdem er einen Bissen genommen hatte, dazu führte, dass er die Schüssel säuberte, während er geröstetes Brot eintauchte. Er fühlte sich tausendmal besser, aber als er aufstehen wollte, um Hilfe anzubieten, wirbelte Penny herum und drohte ihm mit einem Pfannenwender.

»Sitz. Iss.« Es schien besser zu sein, zu gehorchen.

Er genoss die aufgetürmten Pfannkuchen. Saft. Eier. Er sabberte, als er die Mahlzeit mit Kuchen beendete.

Penny wirkte einen Zauber, den er in dieser Küche noch nie gesehen hatte: Die heimeligen Düfte zogen die Werwolf-Überlebenden an, einen nach dem anderen. Sie kamen meist still und ängstlich herein. Dann wurden sie hungrig. Sie stürzten sich auf das Essen, und als ihre Bäuche sich füllten, wurden ihre Zungen lockerer und es kamen Geschichten auf, schreckliche Erinnerungen an ihre Gefangenschaft.

Das brachte sie auf eine Weise zusammen, durch die Kit sich weniger allein fühlte. Sie würden für immer von diesem Ereignis gezeichnet sein, aber wenn er Penny ansah, wusste er, dass sie alle überleben würden, wenn sie nur einen Funken ihrer Stärke hatten.

Eine Person sah er jedoch nicht. Nein, besser gesagt, zwei Personen.

Er trug seinen leeren Teller zum Geschirrspüler und fragte Penny im Vorbeigehen: »Wo sind Luna und Lochlan?«

»Deine Mutter hat einen auf Bigfoot Queen Kong gemacht und Lochlan in den Wald gejagt.«

Er blinzelte. »Das kann nicht Luna gewesen sein. Sie verwandelt sich nicht.« Wegen eines Traumas in ihrer Jugend.

»Sie hat es getan. Aber nicht absichtlich. Gerard hat sie mit irgendeinem Pulver beworfen, das sie in einen verrückt aussehenden Wolf verwandelt hat. Ich sollte hinzufügen, dass ich zu der Zeit noch ziemlich zugedröhnt war. Jedenfalls bin ich nicht die Einzige, die es gesehen hat. Hammer hat gesehen, wie Lochlan sie vom Haus und allen anderen weggeführt hat.«

»Ähm, sollten wir nicht nach ihnen suchen?«

Sie schüttelte den Kopf. »Laut einem der Überlebenden ist es am besten, den Wahnsinn abklingen zu lassen, denn so eine erzwungene Verwandlung ist eine gefährliche Sache.«

»Machst du dir denn keine Sorgen um Lochlan?«

Sie prustete. »Bitte. Er ist härter im Nehmen als deine Mutter.«

»Wenn er ihr wehtut ...«

»Lochlan würde zuerst seinen eigenen Arm abkauen. Mach dir keine Sorgen. Wenn jemand sie davor bewahren kann, verletzt zu werden, dann er.«

Das war nicht die Antwort, die Kit hören wollte. Nicht, wenn es um die Frau ging, der er sein Leben verdankte.

Penny strich ihm über die Wangen. »Wenn sie in der nächsten Stunde nicht zurück sind, gehen wir sie suchen.«

Als sie das taten, fanden sie nur einen Zettel, wo der Geländewagen geparkt gewesen war.

Traut dem Lykosium nicht. Versteckt euch. Wir sehen uns bald wieder.

Gekritzelt in Lunas Handschrift. Unheilvoll, zumal die Überlebenden bei Kit und Penny nach Antworten suchten.

Er hatte keine. Aber er hatte Zugang zu einem Haufen von Fahrzeugen. Genug für alle, um bequem zu fahren.

Darian war derjenige, der den anderen den Plan verkündete, nachdem Kit die Situation erklärt hatte. Sie fuhren nach dem Mittagessen los, wobei jeder so viel Nahrungsmittel, Kleidung und Pfandgut mitnahm, wie er in sein Fahrzeug packen konnte.

Kit und Penny blieben zurück, um noch eine letzte Sache zu erledigen.

»Willst du uns die Ehre erweisen?«, fragte er und bot ihr das Feuerzeug an, das er gefunden hatte. Sie hatten bereits eine Ölspur von der untersten Stufe ins Haus gelegt.

Sie hatten bis zum Sonnenuntergang auf diesen Moment gewartet, damit niemand in der Ferne den Rauch sah und nachschauen würde.

Trotzdem schien die Flamme hell zu leuchten, als sie auf das Haus zuraste. Sie standen Seite an Seite und sahen zu, wie die Flammen das Haus des Schreckens zum letzten Mal verschlangen.

Penny schmiegte sich in seine Arme. Sie zitterte. Er hielt sie fest.

»Es ist vorbei.« Sie sagten es gemeinsam und pressten ihre Lippen aufeinander, als wären sie im Gleichklang. Er verschlang ihren Mund, schmeckte sie, genoss sie. So süß. Perfekt.

Mein.

Er setzte sie auf die Motorhaube des Range Rovers, den sie für sich behalten hatten, und zerrte an ihrer losen Hose. Sie zog an seiner, befreite seinen harten Schwanz und packte ihn mit einer Hand. Sie führte ihn in sich hinein und seufzte vor Lust, als sie ihn umklammerte. Er drang ganz in sie ein und genoss das Pulsieren.

Sie grub ihre Finger in seine Schultern, als er in sie stieß. Die Hitze des brennenden Hauses in seinem Rücken war nichts im Vergleich zu dem Inferno zwischen ihnen.

Sie stöhnte und zitterte, als sie ihren Höhepunkt erreichte. Er hielt sie fest und bewegte seine Hüften in dem Winkel, der ihre spitzen Schreie verursachte. Er stieß wieder und wieder zu, bis sie ihn wie ein Schraubstock umklammerte.

Sie kam. Er kam. Es war so verdammt einfach. Perfekt.

Und nur sie konnte ihn zum Lachen bringen, als sie sich danach aneinanderkuschelten und sie sagte: »Ich könnte jetzt wirklich einen gerösteten Marshmallow vertragen. Ich habe eine Tüte und ein paar Spieße im Kofferraum, wenn du mir Gesellschaft leisten willst.«

Sie aßen perfekt gebräunte Marshmallows und ein paar knusprige. Sie trieben es noch einmal, bevor sie sich auf den Weg machten.

Zeit, nach Hause zu fahren.

EPILOG

Zu Hause war es nicht mehr dasselbe, das merkte Poppy bald, und das lag nicht nur an den vielen neuen Leuten auf der Farm.

Sie hatte sich verändert. Angesichts der beengten Verhältnisse hatte sie die Einladung angenommen, als Kit sie einen Tag nach ihrer Ankunft fragte, ob sie ihn auf einen Ausflug nach Montana begleiten wolle, damit er sich um einige Angelegenheiten kümmern könne.

Fast wäre sie nicht mitgefahren, denn Astra war kurz davor zu platzen. Das Baby würde jeden Moment kommen.

Aber Astra hatte gesagt: »Hau ab. Ich rufe dich an, wenn meine erste Wehe einsetzt. Man sagt, das erste Mal dauert ewig, also hast du genügend Zeit, um mich im Krankenhaus zu treffen. Wir fahren morgen früh selbst los. Bellamy geht kein Risiko ein, da das Baby noch in Steißlage ist.«

Bei so einer Erlaubnis konnte sie nicht widerstehen, obwohl sie sich über Kits Angelegenheiten wunderte. »Wann sagst du mir, wo wir hinfahren?«

Er hatte sich sehr bedeckt gehalten und nur einen Hinweis gegeben. *Es ist mein größtes Geheimnis.*

Sie musste es wissen.

Sie kamen an einem großen Haus an, das angefangen bei dem grauen Stein bis hin zu den vielen Spitzdächern, die auf die vielen Anbauten hinwiesen, wie ein altes Landhaus wirkte. Überall blühten Bäume und auf dem Boden lag Spielzeug herum.

»Was ist das für ein Ort?«

Kit parkte und trommelte mit seinen Fingern auf das Lenkrad. »Wie ich die Albträume bekämpft habe.«

Eine Frau trat aus der Eingangstür, stolz in ihrer Haltung, ihr Haar immer noch überwiegend dunkel mit ein paar silbernen Strähnen. Zu ihr gesellten sich eine weitere, etwas jüngere Frau und ein Mann, dem ein Teil eines Beins fehlte.

Als Kit aus dem Wagen stieg, klatschte die erste Frau in die Hände. »Er hat seine Gefährtin nach Hause gebracht.«

Nach Hause? Poppy musterte das Trio und stellte fest, dass sie Kit äußerlich nicht ähnlich sahen. Das Einzige, was sie gemeinsam hatten? Werwolf.

»Kit?«

»Vertrau mir.« Er hielt ihre Hand fest und zog sie

nach vorn. »Hi, Irene. Jon. Jenna. Wie ist es euch ergangen?«

»Ach, du weißt schon. Viel zu tun. Danke, dass du die Nähmaschine besorgt hast. Sie hat sich schon als nützlich erwiesen.«

»Ich arbeite auch daran, den Webstuhl zu bekommen, den du dir gewünscht hast.«

Poppys Neugierde wurde noch größer.

»Wo ist die Horde?«, fragte er und schaute nach links und rechts, als würde er jemanden suchen.

»Hier.«

Das eine Wort hätte ohne das Lachen vielleicht bedrohlich gewirkt.

Es wirkte auch wie ein Signal. Von überall schossen Gestalten heran, manche klein, andere schlaksig. Die Kinder stürzten sich auf Kit, klammerten sich fest und riefen viele Versionen von »Hab dich!«. Manche davon nicht auf Englisch.

Als Poppy näher kam, konnte sie nicht anders, als die Kleinste anzulächeln, die mit klebrigen Händen von den Beeren, die sie sich in den Mund gestopft hatte, hinter einem Busch hervorwatschelte. Sie winkte mit einer schmutzigen Hand, und Kit schnappte sich das Kleinkind und gab ihm einen feuchten Kuss.

Poppy zog eine Augenbraue hoch. »Hast du mich gerade nach Hause gebracht, um all deine Kinder kennenzulernen?«

»Das sind eher Geschwister. Wir sind hier alle Brüder und Schwestern«, sagte er und strich mit der freien Hand über die Locken eines Jungen, der sich an sein Bein klammerte und einen Daumen in den Mund steckte.

»Hi.« Sie winkte, woraufhin das Beerenbaby seine Arme ausstreckte. Poppy zögerte nicht, den winzigen Körper zu halten. Dieses Kind war zu jung, um sich zu erinnern, also vertraute sie ihm einfach, aber Poppy sah den Fluchtinstinkt in den anderen Blicken und bemerkte die vorsichtige Art, wie sie sich verhielten. Sie wusste, woher diese Kinder kamen, sogar die Erwachsenen, die auf den Stufen standen. Es waren diejenigen, die Kit gerettet hatte und die nirgendwo hin konnten. Sie hatten niemanden, der sich um sie kümmerte, also tat er es.

Er kümmerte sich um sie alle.

Sie hatte ihn nie mehr geliebt, denn er hatte ihr nicht nur wieder zu einem erfüllten Leben verholfen, sondern ihr auch das gegeben, von dem sie dachte, dass sie es nie bekommen würde.

Die Chance, eine Mutter zu sein.

Was mit Himbeer-Fingerabdrücken einherging, wie sie feststellte, als Tabitha schließlich losließ.

Poppy trug das Hemd mit den Flecken bei jeder Gelegenheit voller Stolz.

Sie wachte auf dem Rücksitz eines Wagens auf, ihr Kopf pochte, ihr Mund war trocken.

Als sie sich aufrichtete, bemerkte sie, dass der Fahrer ein schroffes Profil hatte, seine Haare grau meliert wie sein Bart.

»Wer bist du? Wo bringst du mich hin?«, fragte sie und rieb sich mit der Hand über die Stirn.

Er warf ihr einen Blick im Rückspiegel zu. »Es wird Zeit, dass du aufwachst.«

»Wer bist du? Und überhaupt, wer bin ich?«

»Du solltest nicht trinken, wenn du ohnmächtig wirst.«

»Ich habe getrunken?« Das hörte sich falsch an. Sie hätte schwören können, dass sie es nie übertrieb.

»Das haben wir beide nach der Hochzeit.«

»Welche Hochzeit?«

Seine grimmige Antwort? »Unsere.«

WAS HAT LUNA GETAN? WIE ZUM TEUFEL KAM SIE DAZU, LOCHLAN ZU HEIRATEN? FINDEN SIE ES HERAUS IM NÄCHSTEN TEIL DER REIHE ***DAS FERAL PACK***.

www.ingramcontent.com/pod-product-compliance
Lightning Source LLC
LaVergne TN
LVHW011815060526
838200LV00053B/3795